# 美姉妹の失楽園

霧原一輝

*Kazuki Kirihara*



イースト・プレス 悦文庫

# 目次

第一章　逃亡者に抱かれて　7
第二章　いびつな蜜月　53
第三章　反撃の調教　98
第四章　楽園のひととき　157
第五章　逃亡の果てに　209

# 美姉妹の失楽園

# 第一章　逃亡者に抱かれて

## 1

藤巻亮一《ふじまきりょういち》は東京から追われるようにして、この東北の地へと逃げてきた。

亮一はある証券会社でトレーダーをしていた。

会社の資金を使って、株式、債券、為替などの取引をし、儲けを出す。

だが、亮一は会社以外でも、個人や、反社会的集団が裏で支配しているフロント企業の資金を使っての取引を密かに行っていた。

関東で一、二位を争う暴力団稲田組《いなだぐみ》のフロント企業であることを知りつつも、取引をつづけたのは、金城浩司《かねしろこうじ》という稲田組の金庫番である男にかつて仕事で世話になったことがあり、断ることができなかったからだ。

それに、多額の資金で取引ができ、なおかつ多大な収入を得られるのは大きな魅力だった。

だが数日前に、亮一は株式取引でそのフロント企業に莫大な損失を出した。そして、稲田組が自分を拉致《らち》しようとしていることを察知して、命からがらに逃げてきた。

おそらく、今、稲田組は躍起になって亮一をさがしているだろう。捕まったら何らかの形でオトシマエを取らされる。自分の蓄えで返すことのできる金額ではなかった。捕まったら、亮一は半殺しにされるだろう。いや、それでは済まずに、東京湾に浮かぶ可能性もある。

幸いに、亮一は三十七歳にしてバツ一の独身で、両親も亡くなっていて、身内に害が及ぶ危険はなかった。だから、亮一は逃げた。

新幹線で日本列島を北上して東北の福島駅《ふくしまえき》で降り、そこから在来線に乗って、この温泉郷へと足を延ばした。

タクシーを使えば、足がつく危険性がある。

雪のなかをひたすら歩いているうちに、夜になり、迷って、道端にへたり込んでいるところに、女の運転する車が通りかかり、その女がやさしかったのだろう、

「こんなところにいたら、凍死しますよ」

と、親切にも亮一を車に乗せて、ひとまずうちへと連れてこられたのが、このM

旅館だった。

車のなかでも頭が朦朧《もうろう》としていたせいか、名を訊《き》かれて、自分が藤巻亮一であると、ついつい本名を教えてしまった。すると、女は秋元奈緒《あきもとなお》で、今から帰る旅館の若女将《わかおかみ》をしているのだと話した。

亮一は逃亡資金だけは持ってきていたから、今夜はその旅館に宿泊しようと思った。

不審に感じたのだろう、奈緒に、何かあったんですか？　と訊かれて、

「じつは東京でいろいろあって、死ぬためにここにやってきました」

と、とっさにウソをついた。すると、奈緒はこう言った。

「そんなことは考えないでください。生きていれば、きっといいことがあります。今夜はうちに泊まってください。幸い空いている部屋がありますから……温泉につかって、美味しいものを食べれば、きっと生きる力も湧いてきます。お金のほかは考えなくてかまいません」

その力強い言葉を聞いたとき、陳腐な言い方だが、『運命的な出逢い』という言葉が脳裏に浮かんだ。

奈緒に案内されて入った部屋は、和室に広縁のついたスタンダードな部屋だった

が、畳には炬燵《こたつ》が用意されていて、どこか心が温まる和室だった。

「うちの温泉につかっていてください。その間に、食事を用意させますから。浴衣《ゆかた》は……」

奈緒は何種類かの浴衣から、Lサイズのものを選んで、正面から亮一の体に当てて、

「こちらでよさそうですね。お風呂セットはここに用意してあります。そのまま大浴場に持っていってください。バスタオルは大浴場に用意してありますから」

と、いろいろと世話を焼いてくれる。おそらく、『死ぬために来た』という亮一の言葉を真に受けて、やさしくしてくれるのだろう。

和服を着て、髪を結った奈緒は、まだ三十前だろう。

これを東北美人というのだろうか、肌は色白できめ細かく、着物に包まれた尻はむっちりと充実している。

大きな目がきらきらと潤んでいる。唇もぽっちりとして、笑顔が愛らしい。

愛らしさと肉感が融合されていて、こんないい女が若女将をしているのだから、この旅館も人気なのだろうなと感じた。

（行き倒れて実際に凍死しかけていたところを、旅館の若女将に救われたのだから、

俺もツキがまわってきたのかもしれない）

亮一は大浴場につかって、部屋に戻ってきた。

すると、部屋には食事が用意してあって、炬燵のボードに並んだ会席料理を奈緒がととのえていた。

「いかがでしたか、うちのお風呂は？」

奈緒がこちらを見る。

世の中のつらさを忘れさせてくれるようなその明るい笑顔に、胸の奥がざわめいた。女相手にこんな気持ちになったのは、いつ以来だろうか？

胸のときめきを抑えて言った。

「いいお湯でした。体だけでなく、心も温まりました」

とっさに答えると、

「よかったわ。事情は存じませんが、気楽に考えたほうがいいですよ。どうにかなります。なるようにしかなりません。わたしはそうやって、生きてきました」

そう言って、奈緒が明るく微笑んだ。その笑顔に、励まされて、その瞬間だけは、自分が暴力団に追われていることを忘れた。

「そうかもしれません……俺ごときに、こんなに親切にしていただいて、感謝しかありません。このとおりです」

亮一は畳に正座して、額を擦りつけていた。

すると、奈緒は正面で両膝立ちになり、亮一をぎゅっと抱きしめてくれた。

その仄《ほの》かに香る椿油《つばきあぶら》と、柔らかな女体を感じて、不覚にも涙がこぼれそうになった。同時に、下腹部で何か獰猛《どうもう》なものが目覚めるのを感じた。

「ありがとうございます……ありがとう……うっ、うっ、うっ」

亮一は嗚咽《おえつ》していることに、自分でも驚いた。

(俺にもこんな面があったのか？　それとも、これはとっさに出た演技か？)

肩を震わせる亮一を、

「大丈夫ですよ。もう、大丈夫」

奈緒がやさしく背中を撫でてくれる。

その瞬間、亮一は奈緒に惚《ほ》れた。

嗚咽がおさまる頃には、股間のものが浴衣を突きあげていた。

「おなかが空いているでしょう？　食べてください」

奈緒が離れて、亮一は炬燵に入る。

「日本酒がいいかと思って……お酒は大丈夫ですか」

「はい……好きなほうです」

「よかった。では、一杯……」

奈緒はぐい呑みに、地酒を注いでくれる。

「ありがとうございます」

礼を言って、ぐっと空けた。すると、温燗《ぬるかん》が口のなかを甘い芳香で満たし、少し辛い日本酒が喉を通りすぎていく。

「ああ、美味い……」

思わず言うと、奈緒がほっとしたような顔で微笑んだ。その後、しばらく奈緒はお酌をしてから、『ごゆっくりお休みください』と部屋を出ていった。

炬燵で手の込んだ会席料理を食べると、その美味しさに、追われることの怯《おび》えが消えていった。

2

一週間、亮一はM旅館に泊まりつづけていた。考えたら、この旅館ほど、隠れる場所に相応《ふさわ》しいところはない。旅館に一泊した翌日、

『しばらくここに滞在したい。お金はあるから、これで前払いをさせてほしい』

と、奈緒の前に、百万円の札束を出した。

『自殺を考えた理由は聞かないでほしいんです。それと、俺がここに泊まっていることは、誰かに訊かれても黙っていていただきたい。お願いです。俺をもうしばらくここに置かせてください』

亮一はそう言って、額を畳に擦りつけた。

奈緒はしばらく悩んでいたが、

『わかりました。宿賃をいただいたお客さまを追い出すことは絶対にいたしません。どうぞ、心ゆくまでいらしてください。それから、藤巻さんのお名前は外部の方に訊かれても、口に出さないように、フロントには厳しく申しつけておきます。ですから、安心して滞在してください』

そう言って、じっと目のなかを覗き込んできた。

『ありがとうございます。これで、もう少し生きていられそうです』

亮一が言うと、

『そんなこと、おっしゃらないで。ずっと生きてください。その元気が出るまで、うちにいらしてくださってかまいません』

奈緒がきっぱりと言い、こんなやさしい女が世の中に存在することに、亮一は深い感銘を覚えた。

一週間が経過して、亮一もこの旅館のことがだいたいわかってきた。

一時傾きかけた旅館を建て直したのが、支配人をしている山中史朗《やまなかしろう》で、それが縁で、女将をしている千鶴《ちづる》と結婚した。

千鶴は三十九歳で、二十八歳の奈緒とは歳の離れた姉妹。

千鶴は男が二度見するほどの美貌《びぼう》の持主である。しかし、その一見柔和な目の奥には、ぞっとするほどの冷たさが宿っていて、もし自分がここを追い出されることがあるとすれば、この女が動いたときだと直感した。

姉妹の仲は一見良さそうだが、どこかお互いに我慢しているような瞬間があることを、亮一は感じていた。

千鶴と史朗の夫婦仲はたぶん、悪い。お互いに目を合わそうともしないし、言葉を交わすときも業務上のことが多い。

亮一はこの三人の関係がどこかおかしいと感じた。しかし、具体的にどこがへんかと言うと、それはわからない。

三人は同じ敷地内にある古民家風屋敷に住んでいる。

奈緒はおそらく同情してくれているのだろう、亮一にはとてもやさしく接してくれる。

特定の男はいないようだし、どうにかして奈緒を抱きたい。だが、露骨にせまれば、彼女は拒否するだろう。

そうなると、亮一の居場所がなくなる。

亮一はやることがなく、時間を持て余していた。

パソコンは捨てた。持っているのは新しく手に入れたスマホと現金だけ。

まさか、彼らがスマホのGPSを追う能力を持っているとは思えない。

スマホでは、時々、株価などをチェックしているが、株の売り買いだけは絶対にしないと決めていた。

会社には、体調不良で会社を辞めると伝えてある。実際の手続きはしていないが、会社には稲田組の金城がさがしにきているだろうから、絶対に顔を出さないほうがいい。

亮一の足跡は辿《たど》れないはずだ。だが、いまだ暴力団に追われていることには変わりはないので、慎重に行動しなくてはいけない。

その夜、亮一が寝つけないままスマホを見ていると、部屋のドアを控えめにノックする音がした。

びくっとして、亮一は飛び起きる。

暴力団に見つかったのかもしれない。息を潜めていると、

「奈緒です。すみません。少しよろしいですか」

奈緒の声が聞こえて、緊張がほぐれた。

「今、開けます」

ドアを開けると、そこにはパジャマの上にコートをはおった奈緒が佇《たたず》んでいた。

「ああ、どうぞ。お入りください」

招き入れる。

入ってきた奈緒を見て、異変を感じた。いつもの奈緒とは明らかに違う。

表情が曇っている。

(どうしたんだろう？　だいたい、なぜこんな時間に部屋に来たんだ？)

「奈緒さん、いつもと様子が違いますね。何かあったんですか」

最近は若女将を『奈緒さん』と呼ぶことにしている。

奈緒が部屋に入ったところで立ち尽くしているので、もう一度、確かめた。

「何かあったんですね？」

次の瞬間、奈緒がしがみついてきた。

両手を背中にまわして、ぎゅっと抱きついてくる。

理由のわからないまま、奈緒の肢体をやさしく包み込んだ。

「何があったんですか？　話してください」

ふたたび耳元で言うと、奈緒は見あげながら首を左右に振って、大きな目でじっと見あげてくる。

瞳に涙がうっすらと浮かんで、きらきらしている。

何かがそうしろとせまってきた。

亮一は顔を両手で挟みつけるようにして、唇を合わせる。

拒《こば》まれるかと思った。しかし、奈緒は逃げることなく、唇を許した。

最初は慎重なキスが、徐々に激しいものになり、舌を差し込むと、奈緒はそれに舌をからめてくる。

奈緒は顔を少しのけぞらせて、二人の中間地点で舌先を遊ばせる。

体の奥底から強烈な欲望が込みあげてきて、亮一はキスに応えながら、背中をさすり、そのままコートの上からヒップをつかんで、ぐいと引き寄せた。

「あんっ……！」

小さく喘《あえ》いで、奈緒は唇を離した。二人の口の間に唾液の糸が伸びて、途切れる。何かあったのだ。それで、奈緒は救いを求めて自分のところに来た。自分を選んでくれたことがうれしかった。

「すみません。ちょっと事情があって、今夜はここに置いてください」

奈緒が掠《かす》れる声で言った。

「かまいませんよ、もちろん。何があったのか知りませんが、それは聞きません」

「ありがとうございます」

「その代わり、俺はあなたが欲しい。雪道で行き倒れていたところを、奈緒さんに助けてもらった。あなたは俺の一生の恩人だ。だけど、恩人だけじゃない。あのときから、あなたのことしか頭にない。俺が死ぬのをやめたのは、奈緒さんがいるからだ。俺の気持ちをわかってください。今、あなたに拒まれたら、俺はどうなるかわからない」

一気に思いを込めて、言った。

奈緒は何も言わない。だが、亮一の気持ちを告白されても、逃れようとはしない。時間を置けば、何もできなくなってしまう。今しかなかった。

コートを脱がせて、パジャマ姿の奈緒を布団《ふとん》にそっと横たえた。部屋は館内暖房で充分に暖まっている。

長い髪を扇状に散らした奈緒は、いつもの愛らしさとともに女の官能美が滲《にじ》み出ている。

覆《おお》いかぶさるように顔を寄せ、唇を奪った。

ふっくらした柔らかな唇についばむようなキスをする。それから、唇を合わせて舌を差し出すと、奈緒はおずおずと舌をからめてくる。

何があったのか知らない。だが、今、奈緒は亮一に抱かれてもいいという気持ちになっている。これを逃したら、もうチャンスはない。

亮一はキスをしながら、水色のパジャマの胸のふくらみをつかんだ。いやがらないのを確認して、静かに揉みあげた。

ブラジャーはつけていないようで、パジャマの生地を通しても、柔らかなふくらみのしなりを感じる。

柔らかく弾力のある乳房を揉みながら、キスをつづける。

すると、奈緒の息づかいが乱れ、息が弾みはじめた。

舌をからめながら、ふくらみの頂上にある小さな突起を見つけ、そこを指腹でかるく押しながら、まわした。

「んんんっ……！」

奈緒は鋭い反応を見せて、顔をのけぞらせる。

(感じているんだ……！)

強烈な性欲がうねりあがってきて、キスをつづけながら、突起をつまんだ。生地の上から左右にねじると、

「んんんっ……ぁあああうぅ」

奈緒はキスをしていられなくなったのか、顔をのけぞらせて喘いだ。

亮一はパジャマのボタンをひとつ、またひとつと外していき、前をはだける。

「ぁああ、いやっ……」

奈緒があわてて乳房を隠そうとする。

「大丈夫。何があったのか知らないが、俺があなたを護《まも》ります」

きっぱりと言うと、奈緒は真意を確かめるように目の中を覗き込み、それが、心からの声であるとわかったのだろう。

静かにうなずいて、胸を隠していた手を外した。

転げ出た乳房はたわわに実っており、中心よりやや上で突き出している乳首も乳輪も瑞々《みずみず》しいピンクにぬめ光っている。

その見事な乳房に、亮一の欲望が弾けた。

「きれいな胸だ。触っていいですか」

「……はい。でも……」

「何ですか？」

「いやなことに巻き込まれますよ。それでも、いいのなら……」

奈緒が含みのある言い方をした。

「自分が今、体験していることよりもいやなことがあるは思えない。大丈夫ですよ。俺は奈緒さんのすべてを愛していますから」

「本当に？」

「本当です」

そう言って、亮一は乳房にしゃぶりついた。

頂上を貪《むさぼ》って、乳首をちろちろと舌であやした。つづけると、

「んんんっ……ぁあああ、ダメっ……はうぅぅ」

ひろがってくる快感の波に負けたのか、奈緒が喘いで、顔をのけぞらせた。

手にした乳房はたわわで、柔らかく、揉むほどに形を変える。透き通るような乳肌からは青い血管が透け出ていて、それがまたエロかった。

乳首を舐《な》めるうちに、それは徐々に硬くなり、しこってきて、突起が勃起《ぼっき》するにつれて、いっそう感じるのか、

「ぁあああ、あああああ……」

奈緒は陶酔したような声をあげる。

「気持ちいいですか？」

わかっていて訊《たず》ねる。

「はい……はい……気持ちいい……」

「もっと、良くしてあげますよ」

亮一は尖《とが》っている乳首を舌で上下左右に撥《は》ね、時々、しゃぶりつく。

若い頃に結婚したが、証券マンという仕事のプレッシャーに押しつぶされて、ろくに相手をしてやれなかった。

そのうちに、彼女は『こんなはずじゃなかった。ゴメンなさい。別れましょう』と、離婚を切り出してきた。

半年余りの話し合いの末、結局離婚した。

その後は、様々な女性を相手にしてきた。会社の事務員、水商売の女、飲み屋で知り合った女……。

亮一はセックスが嫌いではなかった。自分でも下手ではないという自覚はあった。

しかし、一人の女を長く愛しつづけることはできなかった。

セックスは四カ月ぶりだろうか。そのときの相手はキャバ嬢で、アフターに持ち込んで、札で頰を叩くようにして、抱いた。

しばらく女性としていなかった。そのせいもあるのだろうか。あるいは、奈緒が逃亡中に助けてもらった若女将という事情があるからだろうか。

この女は絶対に仕留めるという気持ちが湧きあがってくる。

両方の乳首をできる限りのテクニックをつかって、気長に、繊細に、情熱的に愛撫した。

奈緒は期待以上の反応を示した。

おそらく、もともと乳首が強い性感帯なのだろう。

「ぁあああ、あああああ……もう、もうおかしくなる。ぁあああ、はうぅぅ」

そう艶かしく喘いで、ここに欲しいとばかりに、パジャマのズボンに包まれた下腹部をせりあげてくる。

亮一は右手をおろしていき、ズボンとパンティの下へとすべり込ませた。

「ああ、いや……」

奈緒がぎゅうと太腿《ふともも》をよじって、手の進入をふせいだ。

すぐに、これほどまでにいやがった理由がわかった。

強引に手を奥へと差し込むと、柔らかいが密な繊毛《せんもう》の下に、ぐっしょりとそぼ濡れた花肉が息づいていた。

肉層の狭間《はざま》に中指を押しつけて、かるく波打たせると、

「ああうぅぅぅ……恥ずかしい！」

奈緒は顔をそむけた。

自分が濡らしているのがわかるのだろう。

指で濡れ溝を叩くと、すぐに、ぬちゃっ、ぬちゃっと淫靡《いんび》な粘着音がして、

「いや、いや、いや……その音、聞かせないで」

奈緒が両耳を手のひらでふせいだ。

そのとき、きれいに剃られた腋《わき》の下がのぞいた。

亮一は右手を恥肉から離して、奈緒の左手を上から押さえつけた。そうやって、腋窩《えきか》を隠せないようにして、腋の下を舐める。ぬるっ舌を這《は》わせると、

「ああ、そんなところダメです……」

腋の下を隠そうとする。

さがろうとする肘《ひじ》を押さえつけて、腋の窪みにちゅっ、ちゅっとキスをする。それから、ツーッと二の腕を舐めあげていく。

「はあん……！」

奈緒が声を出して、顎《あご》をせりあげる。

この女は、すでに身体《からだ》が開発されている。二十八歳なのだから、未婚とは言え、誰か特定の男がいてもおかしくはない。しかし、現実に今いるとしたら、こうやって客に身をゆだねることはしないだろう。

おそらく過去にいたのだ。この素晴らしい肉体を開発した男が。

亮一は何回も腋の下から二の腕へと舌を走らせた。

「ぁああ、あうぅぅぅ……」

そう喘ぐ奈緒のきめ細かい肌が鳥肌立っている。

亮一はそのまま舐めあげていって、左手をつかんだ。

関節のふくらみの少ないすらりとした指を口に含み、フェラチオするようにぐちゅぐちゅと頬張った。

「いやいや、いや……いけません。そんなこと、いけません」

そう口では言いながらも、奈緒は抗《あらが》うことなく舐められるままになり、

「ぁあぁ、あああああ……」

　と、か細く喘いだ。

（この女……放さない！）

　亮一は自分が女を支配することで、性欲を満たすことができることに気づいていた。

　そのためには、何でも許してくれる女が必要だった。しかも、その行為をただ受け入れるだけではなく、快感として感じる性を持つ女が自分には合うのだと理解していた。

（奈緒は俺にとって、最高に相性がいい女かもしれない）

　亮一はほっそりした指をしゃぶり、指と指の間まで舌を差し込んだ。そこに舌を走らせると、

「ぁあぁ、あああぁうぅぅ……初めて。初めてよ」

　奈緒が口走った。

「こういうことを、されたことはないんですか」

「はい……」

「いやだったら、やめますよ」

「……いや、ではありません」

奈緒がぽつりと答えた。

それならばと、五本の指を一本、一本丁寧に舐め、指の股を愛撫した。

奈緒は身を任せて、されるがままになりながら、パジャマの下半身をじりっ、じりっと揺らめかせる。

亮一は腕を舐めおろしていき、ふたたび乳房をとらえた。

カチンカチンになっている乳首を舌であやしながら、パジャマ越しに太腿の奥を手のひらで覆い、柔らかい恥肉の感じられるそこを荒々しくまさぐった。

「ああ、許して……許してください」

奈緒はそう口では言うものの、いやがっているようには見えない。むしろ、腰を上下に振って、恥肉を擦りつけてくる。

亮一はいったん愛撫をやめて、パジャマのズボンに手をかけて引きおろした。

足先から抜き取ると、シルバーグレーの光沢《こうたく》のあるパンティの基底部にシミが浮き出ていた。

楕円形の三センチほどのシミがはっきりとわかった。

急ぎすぎてはいけない。

奈緒を焦《じ》らして、もっとしてほしいという気持ちを起こさせるのだ。それで、奈緒も自分の欲望を自覚できる。

中指でシミの部分を縦になぞりながら、乳首を舐めた。

尖っている突起を舌で転がし、吸う。吸い上げながら、パンティ越しに女の谷間をなぞりつづけた。

薄いパンティの生地から愛液が滲み出て、指にぬめりを感じる。

そこを縦になぞり、上方のこりっとした部分を指で円を描くように刺激した。

「ぁああ、あああ……もう、もう……」

奈緒がさしせまった様子で訴えてくる。

「どうしてほしいですか？」

わかっていて訊くと、

「じかに触ってください……」

奈緒が消え入りそうに言う。

「いいんですね？」

「はい……お願い、焦らさないで」

奈緒が眉根を折って、哀願した。

これを待っていた。亮一はパンティをおろして、足先から抜き取った。

奈緒が太腿をよじりあわせている間に、亮一も浴衣を脱いで、ブリーフだけの姿になる。

灰色のブリーフを勃起が高々と持ちあげていて、そこをちらっと見た奈緒が見てはいけないものを見たという様子で、目を伏せた。

亮一は近づいていって、奈緒の右手をつかみ、股間に引き寄せた。いやっとばかりに引いていく手を引き戻す。

「触ってください」

言うと、奈緒はテントを張った股間のものを、おずおずと撫でる。

「奈緒さんのことが大好きだから、こんなになってしまった。ほら、先っぽから先走りの液が出て、シミになっている」

言うと、奈緒はちらりとそこに目をやって、シミになっている部分を指で触ってきた。そのおずおずとしてはいるが、女の欲望を滲ませた触り方に、亮一は大いに

3

男心を刺激される。亀頭部を擦られて、それがまた嘶《いなな》いた。

亮一は思い切って、ブリーフを脱いだ。

自分でもびっくりするような角度で、分身がいきりたっている。

奈緒の手を導いて、それを握らせた。

「できたら、しごいてください」

亮一はまだ本性を隠している。だから、丁寧語ですべてを通す。

奈緒はためらっていたが、やがて、イチモツを握り、しごいてきた。

「ああ、気持ちいい……あなたに助けてもらってから、奈緒さんが俺の心を支配してきました。幸せです。ぁあ、最高だ」

うっとりとして言う。

すると、奈緒が身体を起こした。

二人とも両膝立ちをしている。

奈緒は向かい合う形で、亮一の下腹部のいきりたちを握りしごきながら、唇を重ねてくる。

(ああ、こんなことまで……！)

おそらく、奈緒は性的感受性の高い女なのだろう。そうでなければ、初めての男にここまでできない。

亮一も誘われるように、奈緒を抱きしめて、キスをする。

唇を重ね、舌をねっとりとからめる。角度を変えて、ついばむようなキスをする。

その間も、奈緒は勃起を握り、しごいてくれる。

(しゃぶってほしい……)

そういう気持ちを見透かしたように、奈緒はキスをやめて言った。

「そこに、寝てください」

「いいんですか?」

「はい……」

そう言う奈緒の瞳は潤みきっていて、これまでの目とは違っていた。

亮一は布団にごろんと仰臥《ぎょうが》する。

すると、奈緒は足の間にしゃがみ、いきりたつものをつかんで、茜色《あかね》にてかる亀頭部に、ちゅっ、ちゅっとキスをした。

長い黒髪が邪魔なのだろう、かきあげて一方に寄せた。

それから、側面を舐めあげてきた。

ツーッ、ツーッとなめらかな肉片が通過すると、分身が勝手に躍りあがった。

奈緒は幾度となく側面に舌を走らせると、真裏を舐めてきた。

包皮小帯からまっすぐに伸びた裏筋を幾度も舐めあげると、肉柱をつかんで、亀頭部に舌を這わせた。

指で亀頭部を圧迫されて、尿道口が開く。と、そこに舌を押し込むようにして、ちろちろろっとなぞってくる。

「あっ、くっ……！」

ぞわりとした快感に、亮一は天を仰ぐ。

すると、奈緒は舌を巧みにつかいながら、亀頭冠に沿って、ぐるっと一周させた。

最高に気持ち良かった。

ここまで仕込んだ男の影を感じたが、女は処女でなければ、他の男に抱かれて、仕込まれている。

それ以上に、奈緒は尽くすことで悦《よろこ》びを感じる女であることが、うれしかった。

奈緒はたっぷりと亀頭冠を舐めてから、ようやく、上から頬張ってきた。

一気に根元まで咥《くわ》え込み、その状態で舌を裏にからませる。

こんなに深く肉棹を呑み込んでいるのだから、苦しいだろう。

時々、ぐふっ、ぐふっと噎《む》せる。

しかし、奈緒は怯《ひる》むことなく、切っ先を喉まで招き入れた。

陰毛に唇が接するまで頬張り、苦しげに眉根を寄せながらも、一心不乱に舌をからませてくる。

それから、ゆっくりと唇を引きあげていき、先端からまた咥え込んできた。

ふっくらとした肉厚な唇がちょうどいい圧力で、勃起の表面を往復する。

そのたびに、早くこれを奈緒のなかに入れなければという気持ちが強くなる。それをこらえた。

すると、奈緒は亀頭冠のくびれを中心に、素早く唇を往復させる。

「んっ、んっ、んっ……」

くぐもった声を洩らしながら、カリを唇で巻きくるめるようにして、素早く擦ってくる。そうしながら、根元を握り、ゆっくりとしごく。

「ああ、それ……気持ちいい！」

もっとつづけてほしくて言うと、奈緒はちらりと見あげてきた。

枝垂《しだ》れ落ちた黒髪をかきあげるようにして、大きな目で亮一を見あげる。

フェラチオをしている奈緒を見つめている亮一と、目が合った。

すると、奈緒は恥ずかしそうに目を伏せ、先端を頬張ったまま、根元を握りしごいてくる。

うねりあがる快感のなかで、亮一は奈緒の顔を目に焼きつける。

やさしげで愛らしい顔が今は悦びで輝いている。

ぽっちりとした唇をＯの字にひろげて、肉柱にまとわりつかせる。上下にすべるたびに、唇が変形している。

一糸まとわぬ姿で、ハート形のヒップを持ちあげるようにして、一心不乱にしゃぶってくる。

下を向いた双乳の先にピンクの乳首が突き出していた。

奈緒は長い髪を時々、かきあげるようにして片方に寄せ、その髪がすべり落ちないように少し顔を傾けて、一生懸命に怒張《どちょう》をしゃぶってくれる。

根元をしごく指のリズムと亀頭冠を往復する唇のリズムが一緒になり、

「ぐちゅ、ぐちゅ、ぐちゅ……」

つづけざまに分身をしごかれると、熱い男液が駆けあがってきた。

「待って……出そうだ。今度は、俺の番です」

そう言って、亮一は立ちあがり、奈緒を仰向けに寝かせた。

足の間に腰を割り込ませて、足をすくいあげながら、開かせる。

「ぁああ、見ないで……」

内股になる足を開くと、密生した翳《かげ》りの底に、女の花が艶やかに咲き誇っていた。

唇と同様に、ふっくらとした陰唇が左右にひろがって、鮮紅色の花芯をのぞかせている。そこはすでに大量の蜜にまみれて、ぬらぬらと妖しくぬめ光っていた。

亮一は顔を寄せて、ぬめりを舐める。

陰唇の狭間に舌を走らせると、ぬるっとすべっていき、

「くうぅぅ……」

奈緒が喘ぎを押し殺した。

そこは甘酸っぱい香りを放ち、舌が濡れた粘膜にまとわりつき、舐めあげるたびに、腰が持ちあがり、

「ぁあああぁ……」

と、奈緒の抑えきれない喘ぎが伸びる。

(感じてくれている……！)

亮一は丹念に時間をかけて、狭間を舐める。狭間ばかりでなく、その周囲にも舌を走らせる。

すると、そこも強い性感帯なのか、奈緒は鋭く反応して、鼠蹊部《そけいぶ》を震わせる。

亮一はもっと感じさせたくなって、クリトリスを攻める。

狭間の粘膜を舐めあげていき、その勢いのまま肉芽を弾くと、

「はうぅぅ……！」

奈緒がのけぞり返った。

やはり、クリトリスが強い性感帯なのだ。

見る見る肥大化していく肉芽を下から丁寧に舐めた。たっぷりと唾液で濡らしておいて、上のほうに指を添えて、引っ張った。

くるりと包皮が剝《む》けて、珊瑚《さんご》色の肉真珠が姿を現した。

そこを丁寧に舐めると、それとわかるほどに体積を増し、張りつめてくる。

危ういほどにふくらんだ陰核を慎重に攻めた。

ゆっくりと上下に舐め、舌で横に弾く。また上下に舐め、左右に刺激した。

それをつづけていくと、

「あああ、ああああうぅぅ……」

奈緒は心から気持ち良さそうな声を洩らして、恥丘をせりあげてくる。

そのもっとして、とでも言いたげな腰の持ちあげ方が、一見愛らしい奈緒の貪欲な性を現しているように思えた。

肉芽を根元から頬張って、吸った。チューと吸い込むと、肉芽が伸びて口のなかに入り込み、

「はぁあああ……」

奈緒が大きく身体をのけぞらせた。

どうやら、これがもっとも感じるようだ。

亮一はチュッ、チュッ、チュッとキスをして、さらに吸い込んだ。

「ぁああああ、ダメぇ……！」

奈緒がいっそうのけぞって、両手でシーツをつかむのが見えた。

亮一は吸引と舐めを交互に繰り返した。

強く吸っておいて、一転して、やさしく繊細《せんさい》に舌を走らせる。

それを繰り返していくと、奈緒の肢体が痙攣《けいれん》をはじめた。

「ぁあああ、あああ……へんなの。わたし、おかしい……」

奈緒がぎりぎりの状態で訴えてくる。

「どうしてほしいですか？」

わかっていて訊く。

「ああ、欲しいんです」

奈緒が息も絶え絶えに答える。

「いいんですね？」

「はい……ください。ください……すべてを忘れさせてください」

その言葉を聞いて、やはり奈緒には忘れたいことがあるのだと思った。

4

亮一は顔をあげて、両膝をすくいあげた。

「あんっ……！」

かわいく喘いで、奈緒が顔をそむける。

亮一の分身はかつてなかったほどに、雄々《おお》しくそそりたっていた。

片手を離して、いきりたちを導く。翳りの底で息づいている花芯に、慎重に切っ先を押し当てて、かるく動かして、位置をさぐる。

沈み込んでいく箇所を見つけ、位置を定める。

少しずつ押し込んでいくと、窮屈な入口を突破していく確かな感触があって、

「はぁあうぅぅ……！」

奈緒が大きく顔をのけぞらせた。

さらにもう一押しすると、切っ先が奥まで押し広げていき、

「ぁあああっ……！」

奈緒はのけぞりながら、両手でシーツを鷲づかみにした。

（ああ、これが奈緒のオマ×コか……！）

亮一は両手で膝裏をつかみ、上体を起こしたまま、膣の感触を味わった。

まだ入れただけなのに、肉襞がひくっ、ひくっと波打ちながら、分身を締めつけてくる。

とても窮屈なのに、なかは蕩《とろ》けるように潤っていて、痙攣しながら侵入者にからみついてくる。

この容姿で性格もいい。おまけに、こんな名器を下腹部に備えている。

奈緒を作り出してくれたすべてのものに感謝したくなった。

少しでも動かせば、すぐにでも洩らしてしまいそうだった。

射精感をやり過ごして、亮一はゆっくりと様子見で腰をつかう。

静かに、いきりたちを抜き差しした。

とても狭い肉路が抽送《ちゅうそう》に逆らうように、肉棹にからみついてきて、その抵抗感が

この上なく気持ちいい。

そして、奈緒は顎をせりあげて、

「ぁああ、あああぁ……」

と、陶酔したような声を洩らす。

すっきりした眉を八の字に折り、今にも泣きだしそうな顔をして、男のペニスを受け止めている。

長く黒髪が扇状に散って、その中心で愛らしい美貌を快感にゆがませている。

たまらなくなって、亮一は膝から手を離し、覆いかぶさっていく。

両手を腋の下から入れて、奈緒を抱き寄せた。

そのまま、ぐいぐいと屹立《きつりつ》を押し込んでいく。

まったりとした粘膜がからみついてきて、それを押し退《の》けるように腰をつかうと、

「ああ、あうぅぅ……」

奈緒は目を閉じて、顔をのけぞらせる。

「気持ちいいですか？」

「はい……気持ちいい。すごく……」

奈緒が潤みきった瞳を向ける。

そのぼうっとして、快感にたゆたうような目がたまらなかった。

顔を寄せて、唇を重ねた。奈緒はもう拒まない。

ちゅっ、ちゅっと角度を変えてキスをし、ねっとりと舌をからませていく。

舌を吸い、唇を吸いながら、じっくりと腰をつかった。

すでに根元まで嵌《は》まり込んでいる肉棹で、さらに奥のほうをぐりぐりと捏《こ》ねた。

「んんんっ、んんんんっ……！」

奈緒はくぐもった声を洩らしながら、さらに顎をせりあげる。

いったんピストンをやめると、肉襞がやめないでとでも言うように、肉棹をくいっ、くいっと内側へ引き込もうとする。

（おお、これは……！）

もたらされる悦びを、亮一は奥歯を食いしばって耐えた。

キスをしながら、またゆっくりとストロークをはじめる。とろとろの粘膜がからみついてきて、これ以上の至福があるとは思えなかった。

亮一はキスをやめて、上から奈緒を観察した。

膝を大きく開いて、屹立を奥へと導きながら、奈緒は悩ましく眉を折り、洩れそうになった声を必死に押し殺している。

徐々にストロークのピッチをあげていくと、こらえていたものがあふれたのか、

「あんっ……あんっ……あんっ……」

愛らしく喘いで、顎をせりあげる。

腕立て伏せの形で打ち込みつづけた。

「あんっ、あんっ……ぁあああ、あああああ、いいの。いいのよ……」

奈緒は喘ぎながら、亮一の腕を握ってくる。

もっと感じてほしい。

亮一は右手で乳房をつかんだ。たわわで柔らかな乳房は揉むほどに形を変えて、乳首がますますせりだしてきた。

揉みしだいてから、乳首を舐めた。カチカチになっている突起を舌で撥ねて、吸う。そうしながら、ゆっくりと屹立を送り込んだ。短いストロークしかできない。

それでも、乳首を愛撫されると、その快感が下半身にも及ぶのだろう。

「ぁあ、あああああ……気持ちいい……ぁああ、あうぅぅ」

首すじに血管を浮かせて、奈緒はのけぞる。

しばらく集中して、乳首を舐めた。れろれろっと激しく左右に弾くと、

「ぁああ、ああああ……イキそう。イキそうです」

奈緒が訴えてくる。

「いいんだよ、イッて。あなたがイクところを見たい」

やさしく言って、また乳首を舐め転がし、吸う。同時に、徐々にピストンを強くしていくと、奈緒の気配が完全に変わった。

「ぁあああ、恥ずかしい……イキます。わたし、イッちゃう！」

そう言って、枕を後ろ手でぎゅっとつかんだ。

「いいんですよ。イッていいんですよ。そうら……」

腕立て伏せの形で、屹立をめり込ませていく。

まったりとした肉襞がからみついてきて、その摩擦で亮一も急激に高まった。だが、まだ射精したくない。放つのは、何度もイカせてからだ。

亮一は上から、奈緒のイキ顔を見ようと、じっと観察した。

そうしながら、少しずつピッチをあげていく。

肉棹はほぼ根元まで埋まっている。

くいっ、くいっと腰を浮かし、反動をつけた一撃を押し込んでいく。

「ぁあああ、ああああああ……イカせてください。イカせて……」

「そうら、イキなさい」

亮一は表情を見ながら、強く打ち込んだ。

包み込んでくる膣を押し退けるようにして、奥まで届かせる。

「ぁあああ、イキます……」

「いいんですよ。そうら……」

亮一がたてつづけに深いところに打ち込んだとき、

「ぁああ、イキます。イク、イク、イッちゃう……！」

奈緒は泣いているように眉根をさげて、亮一の腕にしがみついてきた。もう放さないとばかりにぎゅっと握り、これ以上は無理というところまで顎を突きあげる。

亮一が駄目押しとばかりに深いところに届かせたとき、

「イクぅ……！」

奈緒は後頭部を枕にめり込ませて、ぐーんとのけぞった。

亮一は射精しそうになりながらも、奥歯を食いしばって耐えた。そのまま、もうひと突きしたとき、

「はうぅぅ……！」

奈緒はもう一度、気をやったのか、大きくのけぞった。

それから、がくん、がくんと躍りあがる。

昇りつめてぐったりとした奈緒をしばらく休ませてから、布団に這わせた。

丸々とした尻をこちらに向けて突き出し、大きく膝を開いて、奈緒は肘で上体を支える。

バックに慣れている体勢だと感じた。

その、ここに打ち込んでちょうだい、とでも言いたげな腰の突き出し方が、亮一の情欲をさらに押し上げた。

いまだ猛《たけ》りたっている肉棹は、愛蜜まみれで、ぬめ光っている。

むっちりとした尻たぶはすでに汗ばんでいて、ところどころ桜色に染まっていた。

尻たぶの谷間の底で、女の肉花が開いている。

そこに狙いをつけて、押し込んでいく。

すると、蕩けたようになった肉路は屹立を一気に奥まで迎え入れて、

「ぁあああ、くっ……‼」

奈緒はがくんと頭を振って、シーツを鷲づかみにした。

「お、くっ……」

と、亮一も奥歯を食いしばった。そうしていないと、洩らしてしまいそうだった。

射精感をやり過ごして、細くくびれたウエストをつかんで、引き寄せた。

ゆっくりと抜き差しすると、分身がスムーズに奥まですべり込んでいって、奥を打った。打ち据えるたびに、

「あんっ……あんっ！」

奈緒は短く喘いで、皺《しわ》が寄るほどに、シーツを握りしめた。

美しいポーズだった。

ミルクを溶かし込んだように色白のきめ細かい背中が弓なりに反り、その急峻《きゅうしゅん》な曲線がエロチックだった。

たまらなくなって、亮一は覆いかぶさるようにして、背中の上のほうを舐めた。屈みながら、肩甲骨《けんこうこつ》の中心を舐めあげると、

「ぁあああ……」

奈緒はがくんと頭を振りあげる。

「気持ちいいですか？」

「はい……気持ちいい……ぞくぞくします」

奈緒が言う。

亮一は肩甲骨の間を静かに舐める。舐めあげながら腰を入れて、押し込んでいく。

「ぁああ、あああああ……蕩けます。ぁあああぁぁ……」

奈緒がうっとりとして喘ぐ。

亮一はしばらくそのまま、肩甲骨の間に舌を走らせる。

それから、右手を横からまわし込んで、乳房をとらえた。

奈緒は乳首が弱い。

柔らかなふくらみとは異質な突起を、指先で捏ねた。さらに、つまんで転がす。くりっ、くりっと左右にねじると、

「あっ……あんっ……あんっ……ぁあああ、欲しい。突いてください。思い切り、突いてください」

奈緒が訴えてくる。

亮一も限界を迎えつつあった。

乳首を放して、両腰をつかんで、後ろから思い切り叩き込んだ。

「あんっ、あんっ、あんっ……」

甲高《かんだか》く喘ぎながら、奈緒は右手を後ろに差し出してきた。

こうしてほしいのだろうと、その前腕をつかんだ。ぎゅっと握って、後ろに引っ張るようにして、屹立を押し込んでいく。

力を漲《みなぎ》らせた分身が、狭隘《きょうあい》な粘膜のからみつきを押し退けるように擦りあげる。

「あんっ、あんっ、あんっ……」

奥に届かせるたびに、奈緒はあからさまな声をあげる。

「こちらを向いて……顔を見せてください」

言うと、奈緒は半身になって、横顔を見せる。

力強く打ち据えるたびに、乳房が波打ち、

「あんっ……！」

と、喘ぎ声が洩れる。

つづけざまに打ち込むと、奈緒の様子がさしせまったものになった。

「あんっ、あんっ……ぁあああ、イキます。イッていいですか？」

泣き顔で訊いてくる。

「いいですよ。俺も出します」

「はい……ください」

「そうら……」

深いところに届かせると、射精前に感じるあの甘い感覚が急にひろがった。

「ああ、出そうだ……」

「ください。大丈夫です」

「……おおぅ、奈緒さん！」

唸りながら、力一杯打ち込んだとき、

「イク、イク、またイッちゃう……いやぁあああぁぁぁ、はうっ！」

奈緒は嬌声《きょうせい》を噴きあげて、のけぞった。

気をやるのを確認して、もうひと突きしたとき、

「おおおぅ……！」

亮一は吼《ほ》えながら、熱い精液を放っていた。

5

二人は部屋の明かりを消して、枕明かりだけの明かりのもとで、裸のまま、ひとつの布団で抱き合っていた。

仰臥した亮一の胸板に顔を乗せるようにして、奈緒は静かな呼吸をしている。

亮一は奈緒を撫でながら、なぜ奈緒が身を任せてきたのかを考えていた。

そのとき、いきなりドアをノックする音が聞こえた。

ハッとして、亮一は息を凝《こ》らす。

もう一度、ノックの音がして、

「お休みのところ、申し訳ありません。支配人の山中です。あの、ここに若女将の奈緒は来ていないでしょうか」

山中史朗の声がした。

見ると、奈緒は激しく首を左右に振っている。それで、奈緒が求めていることはわかった。

うなずいて、亮一は浴衣を着て、袢纏《はんてん》をはおり、布団を出た。

亮一がドアを薄く開けると、そこに浴衣の上に丹前をはおった史朗が、突っ立っていた。

「あの……どういうことでしょうか？　奈緒さんはいらしていませんが」

亮一は悟られないように、平静を装って言う。

「そうですか……それなら、よろしいんです」

「どういうことですか？　奈緒さんがいないんですか」

「ええ……どこをさがしてもいないので、もしかして、こちらかと……」

そう言いながら、史朗が耳を澄ましているのがわかる。

「どうしていなくなったんでしょうね？　すみません。こちらには来ていません。だいたい、ここに来るわけがないですよ」

　亮一は泰然自若《たいぜんじじゃく》として言う。

「それなら、いいんです。寝ていらしているところを起こして、本当に申し訳ありませんでした」

　史朗は深々と頭をさげて、廊下を去っていく。

　亮一はしばらく警戒していたが、いったん廊下に出て、史朗がこの付近はいないことを確認して、炬燵に入った。

　向こう側のコーナーでは、パジャマを着た奈緒が炬燵に足を入れて、うつむいて座っていた。

「どういうことですか？　教えてもらえませんか？　なぜ、支配人があなたをさがして、ここにいらしたんでしょうか？　よほどのことじゃないと、こういう失礼なことはしないと思いますが……」

　訊いて、じっと奈緒を見た。

　奈緒は悩んでいるようだったが、やがて、ぽつり、ぽつりと姉妹と支配人の関係を語りはじめた。

# 第二章　いびつな蜜月

## 1

一カ月前——。

山中史朗はパソコンを使って、支配人を務めるM旅館の、明日の予約を確認していた。

ここの女将である秋元千鶴と結婚して、三年が経つ。

経営コンサルタントをしていた史朗のところに、千鶴が傾きかけた旅館の再建を相談しに来たのが、四年前。

千鶴が女将をするM旅館は、福島県の名の知れた温泉郷にある、老舗《しにせ》の温泉宿だったが、このところ客足が徐々に遠のき、建て直しを強いられていた。

それで、経営コンサルタントである史朗に建て直しの仕事がまわってきた。

大学の経営部出身で、これまで様々な企業の建て直しを行ってきた史朗には、老舗の旅館を再生させるのは、そう難しい仕事ではなかった。

史朗の指示により、M旅館は徐々に右肩あがりになってきた。

史朗は顔を合わせるたびに、秋元千鶴に惹《ひ》かれていった。

一年後に肉体関係を持ち、千鶴の求めに応じる形で結婚し、旅館の支配人になった。千鶴が三十六歳で、史朗が四十五歳のときだった。

そして、史朗の徹底的な再建策が実を結んで、旅館は現在、かつての繁栄を取り戻した。

全部で十六部屋ある客室は今日もほぼすべて埋まっている。

経営コンサルタントの職を捨てて、旅館の支配人になったことに後悔はなかった。

ただ、一点を除いては……。

史朗は客のチェックと明日の仲居の勤務体制を確認し、夜勤の男性社員をひとり残して、旅館を出た。

同じ敷地内に、古民家と呼ぶに相応しい秋元家が建っている。

史朗は婿《むこ》に入る形だったが、姓は変えていない。経営コンサルタントだった自分にいまだに仕事の依頼が舞い込むからだ。ほとんどは断っているが、手間がかからずに金になる仕事だけは受けている。

日本庭園には雪が積もっていて、本家に通じる道だけは除雪してある。

玄関の前で雪を払い、家に入っていく。

二階建ての木造建築で、一階にはリビングと客間、そして、夫婦の部屋がある。

そして、二階には千鶴の妹である奈緒が住んでいる。

現在、三十九歳の千鶴に対して、奈緒は二十八歳。歳の離れた姉妹だった。

ちなみに、両親は今、同県内にある老人ホームに入っていて、旅館の経営に口を出すことはない。

妹の奈緒はかわいらしい感じの、愛嬌のある女性で、以前は会社勤めをしていたが、今は若女将として働いている。

この旅館の常連になる客の、とくに男性の何割かは、奈緒が目当てだった。

奈緒は旅館の看板若女将であり、ひどい言い方をすれば、客寄せパンダだ。

いくつかのテレビにも東北の美人若女将として出演したこともあり、出演後には必ず予約が増えた。

もちろん、それも史朗の打ち出した再建案のひとつだった。

女将の千鶴はきりっとした美人で、頭も切れる、非の打ち所がない女将だ。しかし、彼女には人気が出ないだろうと思っていた。あまりにも完璧すぎて冷たく感じてしまう女からだ。

だが、奈緒は基本的に明るくどこかおっとりとして、天然系で、親しみが湧く。とくにその笑顔は人を惹きつける。

一階の寝室を開けたが、そこに、千鶴の姿はなかった。

キッチンやリビングをさがしたものの、やはり、千鶴はいない。

（そうか、今夜はあれか……）

史朗は足音を忍ばせて和室に向かい、静かに襖《ふすま》を開けて、なかに入る。耳を澄ますと、

「んんんっ……ぁあああん、いけません、女将さん……そこ、弱いんです」

隣室から、若い女の喘ぐような声が聞こえる。

史朗はそこにあった丸椅子を運んで、隣室との境の前に置く。落ちないように慎重にあがって、欄間《らんま》から隣室を覗いた。

（いた……！）

暖房の効いた和室の白い布団に、仲居の平井亜弥《ひらいあや》が仰向けになり、その浴衣をはだけて、千鶴が乳房に顔を埋めていた。

千鶴はじつはレズビアンだった。

結婚するまでに、史朗は千鶴と三度身体を合わせた。最初は、千鶴はほとんど反応を示さなかった。きっと、羞恥心《しゅうちしん》があるからだろうと思った。

二度目に千鶴はそれなりに愛撫に応えて、喘ぎ、しがみついてきた。

三度目には、抑えきれない喘ぎ声を爆発させて、最後には『イキます……！』と痙攣して、きっちりと果てた。

そのとき、史朗はこの女と結婚しようと思った。

和服の似合う淑《しと》やかな女性だが、しっかり者の女性が昇りつめていくさまは、史朗をその気にさせるには充分すぎるほどに魅惑的だった。

だが、それが演技であったとわかったのは、結婚して、三カ月後だった。

新婚の夜の生活を愉しみにしていた。だが、その間、千鶴に『体調が悪いんです』とか『生理なんです』と、体よく断られつづけた。

その裏に隠された秘密を知ったのは、それからすぐのことだった。

あの夜、この家で、千鶴が仲居のひとりと布団の上で、キスをしているのを目撃した。ショックだった。

その若い仲居は、まだ入ったばかりの平井亜弥だった。

千鶴の推薦で面接をした。

二十二歳の亜弥は、高校を卒業してから、仲居一筋でやってきたと言う。

小柄だが、ぱっちりとした目がいつもきらきらしていて、言葉づかいも丁寧だった。性格も良さそうだからと採用したのだが、その時点ですでに千鶴とはそういう関係があったのだろう。

千鶴は亜弥の乳首を吸い、舐め、クンニをして、亜弥が気を遣《や》った。その後、亜弥は千鶴を愛撫し、恥肉をクンニされ、指で抜き差しされて昇りつめた。

問い詰めたところ、千鶴は女性相手にしか性感の高まらないレズビアンであることを告白した。

結婚前の史朗とのセックスでは、嫌悪感を我慢していたのだと言う。千鶴がこう言った。

『あなた相手にイッたでしょ？　ゴメンなさい。あれも演技だったの』

俺は騙《だま》されていたのだ……！

それまで薔薇色だった世界が急に色褪《いろあ》せてきた。

そして、どす黒い怒りが込みあげてきた。

史朗は、抵抗できないように千鶴を縛って、犯した。千鶴のそこは濡れることがなかったが、強引に押し込んで、ピストンをした。

まったく反応しない、マグロ状態の千鶴の膣に、男液を放った。

虚しさだけが込みあげてきて、史朗はイチモツを引き抜いて、ごろんと大の字になった。

そのとき、千鶴がこう言ったのだ。

『セックスをしたいのなら、奈緒として』

『はっ……？』

『あの子には事情を話しておきます。奈緒は、男が好きだから……史朗さんのことも尊敬していると言っていたわ。あの子はわたしがレズだって知っているし、よく言い聞かせておく。わたしはあなたが奈緒とそういう関係になっても、嫉妬しません。その代わり、もうわたしにはせまらないで。今度、せまったら離婚します。それから、亜弥に危害を加えたら、許しませんからね』

千鶴がきっぱりと言った。あの衝撃的すぎる夜はまだ忘れることができない。

そして、千鶴と亜弥の関係は今もつづいている。

史朗が欄間から覗いていると、千鶴も亜弥も浴衣を脱いで、一糸まとわぬ姿になった。

生まれたままの姿で抱き合い、キスをした。

そのまま二人は布団に倒れ、千鶴が上になった。そして、乳房にキスをしながら、亜弥の身体をさすっている。

上から覗く史朗には、亜弥の顔が見えた。

相変わらず人形のようにととのった顔をしている。さらさらのボブヘアが乱れて、つぶらな瞳が今は閉じられて、顎がせりあがっている。

小柄なのに、乳房は大きい。その豊かなふくらみを千鶴は揉みしだき、乳首にキスをしていた。

レズビアンにはタチとネコがあるらしいが、千鶴がタチで亜弥がネコということになるのだろう。何度か覗き見をしたが、その関係性は根本的には変わっていない。

千鶴の手がおりていって、太腿をなぞった。

すると、亜弥の足がくの字に開いて、濃い翳りが縦に繁茂しているのが見えた。

千鶴にそうするように言われているのか、亜弥の陰毛は細長く剃られていて、纖《せん》毛《もう》がせめぎあうように上に向かって伸びており、それが、亜弥が見かけとは違って、強い性欲の持主であることを伝えている。

千鶴の指が纖毛をなぞり、そのまま下へとずれていった。

ひろがった足の中心を長い指がかろやかに舞い、亜弥の下腹部がぐぐっ、ぐぐっとせりあがりはじめた。

「ぁあああ、ああぅぅぅ……女将さん、気持ちいい……」

亜弥の愛らしい声が聞こえる。

「いいのよ、もっと良くなって……亜弥はわたしの宝物。誰にも渡さない」

千鶴が乳首をしゃぶり、翳りの下を指でなぞる。

その言い方でいかに千鶴が亜弥を愛しているのかがわかる。おそらく、亜弥を自分の愛玩物、所有物のように感じているのだろう。

考え方自体が、男性的なのだ。

これでは、膣にペニスを突き刺されることは、嫌悪でしかないだろう。結婚前は、史朗に旅館を建て直してほしかったから、我慢して、史朗を取り込みたかったのだ。

千鶴の指づかいが徐々に激しいものになり、やがて、顔が下腹部におりていった。

亜弥の足の間にしゃがみ込み、膝を持ちあげて開かせ、クンニをはじめる。

執拗《しつよう》に舐められると、亜弥はもう我慢できないとでも言うように下腹部を左右に振り、持ちあげて、

「ぁああ、あああ……お姐《ねえ》さま、イキそう。亜弥、もうイッちゃう！」

切なげに訴える。

史朗には、ろくにフェラチオしてくれなかったのに、亜弥相手には長い時間をかけてクンニをする。

腹が立ってきた。

(俺はこの女の罠にまんまと嵌まったのだ)

だが、そんな気持ちとは裏腹に股間のものは頭を擡《もた》げてくる。

分身がいきりたち、ズボンを突きあげる。

千鶴はこちらに尻を向けているので、むっちりと実った白い尻たぶの底に、女の花芯がのぞいていた。しかも、その割れ目はこちらから見てもわかるくらいに、濡れ光っているのだ。

(ああ、あそこに俺の勃起を入れたい。喘がせてみたい)

ズボンをさげて、ブリーフのなかのものを握った。ゆっくりとしごいただけで、脳味噌が蕩けるような快感がうねりあがってくる。

と、千鶴の指が亜弥の膣へと消えていった。

二本の指をつかいながら、クリトリスを舐めしゃぶっている。

指を抜き差しするたびに、亜弥の様子がさしせまってきた。

「ぁあああ、イキます。お姐さま、イッていいですか」

「しょうがない子ね。そんなにここがいいの？」

「はい……ゴメンなさい。そこがいいんです」

「待っていなさい……自分でしながら、待つのよ」

そう言って、千鶴は貞操帯のようなものをタンスから取り出した。

千鶴はそれを装着しながら、内側に向かって突出している黒い張り形を、自分の体内に押し込んだ。

男の肉柱を挿入されるのはいやがるのに、双頭のディルドーなら嬉々として受け入れるのだ。

ベルトを締め終えると、黒い貞操帯のようなペニスバンドから、黒い光沢を持つ男根がそそりたっていた。

たわわな乳房を持つ千鶴の股間から、りゅうとした男根がそそりたっているのは、異様でありながら官能的な光景だった。

「舐めなさい」

千鶴が布団の上に立つと、亜弥が前に正座した。

正座の姿勢から腰をあげて、目の前のディルドーを下から舐めあげる。何度も舌を走らせて、張り形を唾液まみれにする。

それから、頬張った。

亀頭部もエラも反《そ》りも浮き出た血管も再現させているリアルな人工ペニスに、唇をかぶせて、ゆっくりと顔を打ち振る。

「亜弥、幸せ？」

千鶴に訊かれ、亜弥は見あげて、こくりとうなずく。

その間も、千鶴の股間から生えたペニスを頬張りつづけている。

亜弥は長い間、愛おしそうに千鶴のペニスをしゃぶっていた。

「もう、いい。亜弥にわたしのペニスをあげよう。仰向けになりなさい」

千鶴が言って、亜弥はペニスを吐き出して、布団に仰臥する。

千鶴が両足をすくいあげて、股間からそそりたつものを押しつけた。ゆっくりと腰を入れていく。

黒光りするディルドーが亜弥の体内に消えていき、

「はうぅぅぅ……！」

亜弥が顔を大きくのけぞらせた。

千鶴は亜弥の足をつかんでひろげながら、言った。

「ほら、わたしのペニスが亜弥のなかに入っている。うれしい？」

「はい……うれしいです。亜弥を好きなようにしてください。わたしはお姐さまのものです」

亜弥が答えて、千鶴をきらきらした目で見あげる。

「いい子ね。大丈夫。亜弥を一生放さないから」

「うれしい……」

千鶴がゆっくりと腰を振った。すると、黒光りするディルドーが亜弥の体内に消えて、出てくる。

「ぁあああ、あああああ……お姐さま、気持ちいい……亜弥は気持ちいいです」

「わたしもよ。お前を突くたびに、わたしも気持ちいいの」

千鶴が腰を振り、ペニスが出入りして、

「ぁあああ、あうぅぅ……」

亜弥は自分から両手を頭上にあげて、右手で左の手首を握り、顎をせりあげる。

それから、千鶴は足を放して、前に屈んで、折り重なるようにして唇にキスをする。

何度見ても、衝撃的な光景だった。

二人の美女が双頭のディルドーでひとつにつながって、唇を合わせている。

キスをしながら、千鶴は腰をつかう。

すると、真っ白な女の尻がうごめいて、打ち込むたびにぎゅっと引き締まる。

これ以上、倒錯美に満ちた光景があるとは思えなかった。

史朗はいつの間にか、レズプレイをする千鶴と亜弥を盗み見て、強い昂奮を覚えるようになっていた。

手のひらのなかで、イチモツがどくどくと脈打ち、躍りあがっている。

長い唇へのキスを終えて、千鶴はキスを首すじから乳房へとおろしていく。たわわな乳房にキスをして、乳首を舐める。

透き通るようなピンクの乳首に丹念に舌をからませ、弾く。全体を口に含んで吸うと、

「ぁあああ……お姐さま、おかしくなる。気持ち良すぎて、おかしくなる。ぁああ、ちょうだい。お姐さまのおチンチンをもっとください。ぁあああ、ああああああ、イキそう……亜弥はイキます」

亜弥がぎりぎりの声をあげて、顔をのけぞらせる。

「いいわよ。イキなさい……何度イッたっていいのよ。恥ずかしいイキ顔を見せなさい。そうら、亜弥！」

千鶴は腕立て伏せの格好《かっこう》で腰を振って、ディルドーを抽送する。

「ぁああ、あんっ、あんっ、あんっ……イキます。いく、イク、イッちゃう……はぁあああうぅぅ……！」

亜弥は思い切りのけぞって、細かく痙攣し、動かなくなった。

2

史朗は物音を立てないように椅子から降り、部屋を出た。

そして、二階へとつづく木の階段をあがっていく。

行き先は奈緒の部屋だ。奈緒はすでに部屋で休んでいるはずだ。

廊下を歩き、奈緒の寝室の前で立ち止まって、ドアをかるくノックする。

「はい……どなたでしょうか？」

すぐに奈緒の返事がきたから、起きていたのだろう。

「史朗だ」

そう言って、史朗はドアを開ける。

和室に布団が敷かれ、そこで奈緒が上体を立てて、こちらを見る。

ストライプのパジャマを着て、髪は解いている。長いストレートヘアが肩や胸に枝垂れ落ちていた。

史朗は布団に近づき、セーターとシャツを脱ぎ、ズボンをおろした。ブリーフを勃起が高々と持ちあげている。

そこに視線をちらりと落とした奈緒が、拒否の姿勢を見せた。

「疲れているから、今夜は無理です」

奈緒が顔をそむける。

普段は髪をアップにして、和服を着ているから、この姿は貴重だ。そして、このパジャマ姿を見ただけで、むらむらと性欲がうねりあがってくる。

「お前の姉さんは今、亜弥を抱いている。こういうときは、俺が奈緒を抱いていいことになっている。そうだよな？」

「すみません。今夜は気が乗らないんです」

「そんな我《わ》が儘《まま》が言える立場か？　いいんだぞ。俺は離婚して、この旅館を出ても」

史朗には自分がいなければ、この旅館は立ち行かないという自負がある。

巷では『美人姉妹の宿』として名を馳せているが、ここの内実を取り仕切っているのは史朗で、自分がいなければ、この旅館はやっていけない。

奈緒もそのことをわかっているのだろう。悔しそうに唇を嚙んで、史朗を見た。

史朗がブリーフを脱ぐと、さっきから勃起しつづけているイチモツが頭を振り、そこに視線をやった奈緒がハッとしたように顔をそむける。

史朗は布団にしゃがみ、後ろから奈緒を抱きしめる。パジャマの上からでもそれとわかる大きな乳房を鷲づかみにすると、

「あっ……！」

奈緒ががくんと頭を反らした。

「じつは、ここの女将はレズで、その夫である俺は仕方がないから妹の若女将とセックスしていましたって、バラしてもいいんだぞ。そうなったら、この旅館の評判は地に落ちる」

脅《おど》しをかけて、後ろから伸ばした手指で、パジャマのボタンを上から、ひとつ、またひとつと外していく。外し終えて、パジャマを腕から抜き取った。

ぶるんとまろびでた乳房を背後から鷲づかみにすると、

「い、いやっ……！」

奈緒は上体を前に折り曲げて、いやいやをするように首を振る。

「そんなことを言っていいのか？　男性客が奈緒目当てに来ているのは、知っているだろ？　あの愛らしい若女将がじつは、姉の夫と密通していたって知れたら、どうなる？　ＳＮＳが発達した時代だ。お前の醜聞はたちまち拡散されて、客がお前を見る目は変わるだろう。俺はここの支配人を辞めても、いっこうにかまわない。経営コンサルタントで食っていける。だが、奈緒も千鶴も困るだろう？　こんな古い旅館、あっと言う間に潰れるぞ。それでいいんだな？」

身元で脅しをかけると、

「それは困ります」

奈緒が言った。基本的に素直なのだ。

「それならば、言いなりになるんだな。それに……奈緒は今、俺なしではやっていられないはずだ。そうら、何もしなくても、乳首がおっ勃《た》ってきた。身体は正直だよな。期待感でどんどん硬く、しこってくるぞ」

実際に乳首は硬く、せりだしていた。

「お願いです。もう、許してください」

「心にもないことを言うな。そうら、乳首がどんどん硬く勃起してきた」

しこっている左右の乳首をつまんで、かるく転がすと、

「んんんっ……んんんんっ……ぁあああ……」

奈緒は抑えきれない喘ぎを洩らして、顔をのけぞらせる。

「淫らな身体だな。心ではいやだと思っても、身体が反応してしまう。もっと、もっとと求めてしまう……ほら、自分でパジャマのズボンを脱げ。早く！　すべてバラすぞ！」

強い口調で言うと、奈緒はズボンをおろしていく。

「パンティも……早く！」

ふたたび叱咤《しった》すると、奈緒はライラック色のパンティをさげて、足先から抜き取った。

「それでいい。指でオマ×コを触れ！　早く！」

「ぁあ、許さない。絶対に許さない……」

奈緒は悔しそうに言いながらも、両手をおろしていく。

漆黒《しっこく》に密生した台形の翳りの底に右手の指を添えて、その動きがわからないように左手で隠す。

おずおずと指が恥肉をさすり、内股になった太腿が擦り合わされる。

「ぁあ、いや……見ないで。見ないでください……あうぅ！」

奈緒は後頭部を史朗に押しつけてくる。

「左手をどけろ。どけるんだ！」

叱咤すると、奈緒の左手がおずおずと離れていく。

後ろから見ても、右手の中指が翳りの底に入り込んでいるのがわかる。

「ピストンしろ！」

「いやっ……」

「バラしてもいいんだな？」

奈緒の指が静かに動きはじめた。ゆっくりと差し込んでは、

「あうっ……！」

低く呻《うめ》く。

やがて、抜き差しが徐々に速くなり、ぐぢゅぐちゅと淫靡な音がして、

「ぁああ、ああうぅぅ……見ないで。聞かないで……」

奈緒が首を左右に振りながら、声を絞りだす。

指づかいが速く、深くなって、

「んんん……んんんんっ……ぁあああ、ダメっ……はうぅぅぅ」

奈緒は大きくのけぞった。

いつの間にか、足は大きく開かれて、膝を立てている。踵《かかと》でずりずりとシーツを擦り、膝が内側に絞られる。

史朗は左右の乳房を荒々しく揉みしだき、頂上を捏ねる。

カチカチになった突起を左右にねじり、トップを指腹で捏ねる。

奈緒は全身が性感帯だったが、とくに乳首が弱い。

それを執拗に撫でさすっていくと、全身がぶるぶると震えはじめた。

そこで、史朗は奈緒を後ろに倒し、自分は折り重なっていく。

色白でむっちりとした身体つきをしていた。とくに、そのEカップはあろうという乳房はたわわに実り、青い血管が透け出るほどに張りつめている。

史朗はキスを首すじから肩へとおろしていき、さらに、胸のふくらみへとすべらせていく。

硬貨大の乳輪から、二段式に乳首がせりだしていた。

それは透き通るようなピンクで、この清新な乳首が史朗は愛おしくてならない。

胸元のひろく開いたドレスを着て、客の前に姿を見せたら、もっと人気は出るだろう。かつて、若女将特集で奈緒が取り上げられたとき、和服以外に胸のひろく開いたドレス姿の写真を掲載させたことがあった。

その反響は大きく、あのドレスを着た奈緒を見たいという客が激増した。

史朗にはこの看板若女将を作り上げたのは、自分だという自負もあった。セックスを重ねるほどに、奈緒は色っぽくなっている。

史朗は乳房にしゃぶりついた。

両方のふくらみを揉みあげながら、片方の乳首を舌で転がすと、途端に奈緒の気配が変わり、

「ぁあああ、ああああうぅ……」

奈緒は顎を大きくせりあげる。

「気持ちいいのか？」

「……知りません」

「気持ちいいんだな？　本当のことを言え。すべてバラしてもいいんだな？」

恫喝《どうかつ》を加えてから、

「気持ちいいんだな？」

再度、問うと、

「はい……気持ちいい。気持ちいいの……」

奈緒が言う。

「どういうふうに気持ちいいんだ？」

「ああ、蕩けていく。身体が蕩けながらも、欲しがっている」

「どこが欲しがっているんだ？」

「……言えません」

「言うんだ。どこが欲しがっているんだ？」

「ああ、オ、オマ×コ……」

「誰の？」

「奈緒の……」

「つづけて言いなさい」

「……な、奈緒のオマ×コが欲しがってる」

「何を？」

「言えません」

「言うんだ！」

「……おチンチン」

「ほう、おチンチンか、誰の？」

「お義兄《にい》さんの……」

「つづけて言いなさい」

「ぁああ、お義兄さんのおチンチンが欲しい」

「どこが？」

「奈緒のオマ×コが！」

「全部、つなげなさい」

「……奈緒のオマ×コが、お義兄さんのおチンチンを欲しがってる……ぁああ、いやっ、恥ずかしい！」

「よく言ったな。エラいぞ。よおし、ご褒美だ」

3

史朗は足の間に腰を入れて、奈緒の太腿をぐいと開く。

濃い繊毛の下に、女の花園が見事に咲き誇っていた。どピンクの肉びらがひろがって、その内側に鮮やかな鮮紅色の粘膜がぬらぬらと光っている。

史朗は顔を寄せて、狭間を舐めた。ぬるっと舌が這い、

「ぁあうぅぅ……」

奈緒が抑えきれない喘ぎを放つ。

「ぬるぬるじゃないか。奈緒は俺が嫌いだと言う。それなら、どうしてこんなに濡らしているんだ？　答えなさい」

「……わかりません」

「わからないだと？　お前はわからないままオマ×コをこんなにグチョグチョにするのか？　さっき自分で言っただろ？　お義兄さんのおチンチンが欲しいと。だからこんなに濡らして準備をしているんじゃないか？　そうだろ？」

「……いじめないでください。もう、いじめないで……」

「舐めてほしいんだな？　オマ×コを舐めてほしいんだな？　正直に答えなさい」

「……はい。舐めてほしい。お願い、焦らさないで……」

「そう、それでいいんだ」

史朗は粘膜を舐めあげ、その勢いのまま上へとすべらせて、肉芽をピンと弾く。

「くっ……！」

亜弥の肢体がびくんと震える。

雨合羽《あまがっぱ》のような包皮をかぶった肉の突起が、濡れ光っている。

そこを丹念に舐めると、

「くっ、くっ……」

奈緒はくぐもった声を洩らして、がくん、がくんと震える。

史朗は指をつかって包皮を上に引っ張る。つるっと包皮が剝けて、珊瑚色に輝く本体が現れる。

その繊細な器官をじっくりと舐めた。舌でゆっくりと上下になぞり、左右に弾く。レロレロッと強く叩くと、

「ぁあああ……いや、いや……それはいや……ぁああ、あんっ、あんっ……」

奈緒はもっととばかりに恥丘を持ちあげる。

「相変わらず感受性が強いな。淫乱なんだよ、奈緒は。かわいい顔して、客に媚《こび》を売りながら、いつもここを濡らしている。これで、どうだ？」

肉芽をチュッと吸い込んだ。口腔に入ってくる肉芽をさらに吸い込むと、

「やぁあああ……あっ、あっ！」

奈緒はびくん、びくんと躍りあがる。

いったん吐き出して、唾液でべとべとにする。それからまた、チュッ、チュッ、チュッと断続的に吸い込むと、

「はうぅぅぅ……！」

奈緒は下腹部を持ちあげて、口に押しつけてくる。

「両膝を曲げて、持ちあげろ。開くんだ。早く！」

命じると、奈緒は言われるままに両膝を持ちあげて、膝を手でつかんだ。

「そう、それでいい。そのままだぞ」

史朗は人差し指と中指を舐めて、それを膣口に押し込んでいく。ぬるぬるっとすべり込んだ二本の指を、膣が締めつけてくる。

「すごいな。ぎゅん、ぎゅん締まってくる」

史朗は指腹を下にした指を、半回転させる。

指腹が上を向く形で粘膜を擦ってやる。抜き差ししながら、天井側の膣を擦ると、ざらっとした部分があって、

「ぁあああ……！」

奈緒は顔を大きくのけぞらせて、艶かしく喘ぐ。

柔らかくからみついてくる女の粘膜は熱く滾《たぎ》っており、そこを擦りながらひっ掻《か》くようにして摩擦すると、

「ぁああ、ああ……もうダメっ……許して。お義兄さん、もう許して」

奈緒はそう訴えながらも、大きくのけぞっている。

史朗は指腹で潤みきった粘膜を擦りあげながら、笹舟形をした女陰の上方にある突起に貪りついた。

さっきよりさらに肥大化している突起を舌であやす。

れろれろっと舌をつかって、突起を刺激する。そうしながら、二本の指を抜き差しした。

ぐちゅ、ぐちゅっと卑猥《ひわい》な音とともに蜜がすくいだされ、粘膜もめくれあがってくる。

舌でクリトリスをあやしながら、指で粘膜のスポットを刺激してやると、

「ぁあああ、もう、もう……へんになる。へんになる……ぁあああ、はうぅぅ」

奈緒は両手で膝をつかんだまま、顔を左右に振る。

「どうした？　止《と》めを刺してほしいか」

問うと、奈緒はこくんとうなずく。

「その前に、おしゃぶりしてもらおうか」

史朗は顔をあげて、ベッドに立ちあがった。

ためらっている奈緒に向かって言った。

「しゃぶりなさい。すべてを明らかにしていいんだな？」

奈緒は心を決めたのか、にじり寄ってきた。

史朗の前で両膝立ちになり、いきりたっている肉茎をつかみ、腹部に押しつけた。

あらわになった裏筋を舐めあげてくる。

なめらかな舌でツーッ、ツーッと敏感な箇所をなぞりあげられて、分身がびくんと躍りあがった。

「袋を舐めろ。キンタマをしゃぶるんだ」

命じると、奈緒は一瞬、憎しみのこもった目で史朗を見あげてきた。

それから、目を伏せて、ぐっと姿勢を低くする。

顔を傾けて、下から舌で皺袋を舐める。

最初はいやそうにしていたが、やがて、丁寧に情熱的に睾丸に舌を走らせる。両手で足をつかんでバランスを取り、顔を傾けて、下から舐めあげてくる。

これが、奈緒の本性なのだ。

何だかんだと抗いながらも、結局は服従する。

おそらく、男に尽くすことで女の悦びを感じるタイプだ。

心から惚れた男が相手なら、何だってするだろう。そういう意味では、奈緒を妻にした男は幸せ者だ。

奈緒は邪魔な髪を片方に垂らして、睾丸の皺をひとつひとつ伸ばすかのように、丹念に舐めてくれる。そうしながら、右手で屹立を握り、しごいている。

(この女と結婚したら、俺にも幸せなセックスライフが待っていただろう)

姉のほうと結婚したことが無念でならない。

奈緒は皺袋から裏筋をツーッと舐めあげ、そのまま上から頬張ってきた。

猛りたつものに唇をかぶせて、ゆったりとしごく。

握っていた手を離して、口だけで咥え、根元まで唇をすべらせた。

ほぼ根元までおさめて、そこで、ぐふっ、ぐふっと噎せた。

それでも、吐き出そうとはせず、逆にもっとできるとばかりに深く頬張ってくる。

陰毛に唇が接するまで咥えて、そこで少し顔を振って、根元のほうを唇と舌でしごく。

顔を振る振幅が徐々に大きくなり、ついには右手を動員して、根元を握り込んできた。

右手をスライドさせながら、それと同じリズムで亀頭部に唇をからませる。

ぐちゅ、ぐちゅ、ぐちゅと淫靡な唾音がして、指と唇でつづけざまにしごかれると、熱い快感の塊《かたまり》がひろがってきて、嵌めたくなった。

「もう、いい……」

言うと、奈緒はちゅるっと吐き出して、うつむいている。

奈緒を押し倒して、膝をすくいあげた。

「あうぅぅ……！」

倒れながら、奈緒は低く呻いた。

だが、ひろがった太腿の奥には、蜜で濡れた女の証《あかし》が淫らにひろがって、男を欲しがっている。

いきりたつものを沼地に押しつけて、ゆっくりと体重をかけていく。すると、とても窮屈なところを亀頭部が押し広げていく確かな感触があって、

「あうぅぅぅ……！」

奈緒は開いた両手でシーツを鷲づかみにした。

(ああ、これだ。俺はこの温かいものに包まれる感触があるから、耐えていける)

史朗は両膝の後ろをつかみ、開かせながら、もたらされる心地よさにひたった。

ピストンしないで、奈緒を観察した。

奈緒は長い黒髪を扇状に散らし、顎を突きあげて、史朗の分身を打ち込まれた衝撃を受け止めている。

すっきりした眉を八の字に折って、今にも泣きだしそうな表情がたまらなかった。

史朗は上体を立てたまま、静かに抽送をする。深くは入れずに、浅瀬を抜き差しする。

しばらくつづけていると、奈緒の呼吸が乱れ、乳房が大きく波打った。

「ぁあああ、ああうぅぅ……」

低く喘ぎながら、もっと深いところにちょうだいと言わんばかりに、自ら下腹部をせりあげる。

「どうした？　なぜ、腰が動く？」

「……動いていないわ」

「いや、動いている。もの欲しそうに、あそこが持ちあがっている。わからないのか？」

「……わかりません」

「そうか。お前の腰は勝手に動くんだな。もっと、奥にちょうだいと、そう言っているぞ」

奈緒の腰の動きがぴたりと止まった。

史朗がまた浅いピストンをする。すると、ふたたび腰が持ちあがってくる。

期待に応えて、打ち込みを徐々に深くしてやる。

いきりたつものが粘膜の道を押し退けるようにして奥へと進んでいくと、

「ぁああ、ああああ……」

奈緒はこれが欲しかったとでも言うように、いっそう腰をせりあげる。

史朗はさらに奥まで突き入れる。

すると、粘膜が波打ちながらからみついてきて、亀頭部が奥へと進入するたびに、

「あんっ……あんっ……」

と、愛らしい声を放った。

左右に開いていた手は頭上にあげられて、枕の縁をつかんでいた。あらわになった乳房がぶるん、ぶるるんと縦揺れして、

「ぁあああ、ああああ……」

奈緒は陶酔《とうすい》しているような声を放ち、顎をせりあげる。

史朗は膝を放して、覆いかぶさっていく。

肩口から手をまわして、女体を抱き寄せると、奈緒は足を大きくM字に開いて、勃起を奥へと導き入れて、ぎゅっとしがみついてきた。

姉の夫であるにもかかわらず、もう放さないとばかりにぎゅうっと抱きついてく

る。

こんな女を愛おしく感じない男はいないだろう。

史朗は唇にキスをする。

一瞬逃げた唇を追って、唇を重ねていく。押しつけながら、かるく腰をつかうと、肉棹が奈緒の体内をうがち、

「んんんっ、んんんんっ、んんんんっ……！」

奈緒はくぐもった声を洩らしながらも、自分から唇を押しつけてくる。史朗は舌をすべり込ませて、奈緒の舌をとらえた。

そのままピストンをするうちに、奈緒の様子がさしせまったものになって、ついには自分から舌をからめてくる。

史朗の舌を舐めながら、足を腰にまわして、ぎゅっと自分のほうに引き寄せる。

(そうか、そんなにこれが好きか……！)

史朗はキスをしながら、腰をつかう。

ぐい、ぐいっとめり込ませると、自分が女を貫いているという気持ちが強くなり、至福が押し寄せてきた。

つづけざまにえぐりたてた。自分でもマックスの状態まで勃起していることがわ

かる。連続して打ち込むと、

「んんんっ、んんんっ……ぁあうぅぅ」

キスできなくなったのか、奈緒が唇を離して、顔をのけぞらせた。

「いいのか？　いいんだな？」

「はい……気持ちいい。気持ちいいのよぉ……はうぅぅ」

奈緒はまた両手で枕をつかんだ。

史朗はあらわになっている腋の下にキスをした。甘酸っぱい芳香をこもらせた窪みを舐める。

「ぁあああ、そこはいやっ……」

奈緒が腋を締めようとする。その手を押し上げて、腋の下にキスをする。そのまま二の腕へと舐めあげていくと、

「ぁああうぅぅ……」

あれほどいやがっていたのに、奈緒は悩ましく喘いだ。

肘まで舐めあげていき、また腋窩に戻る。そこから、二の腕に舌を走らせる。体がずりあがる動きを利用して、勃起を膣にいっそうめり込ませる。

それを数回つづけると、

「ぁああぁ、もっと。もっとして。もっと……」

奈緒が訴えてきた。

4

史朗は結合したまま、奈緒の身体をまわして、横臥《おうが》させる。

自分は上体を起こしたまま、横になっている奈緒の体内に屹立を打ち込んでいく。

こうすると、挿入の角度が変わって、入れているほうも受け止めているほうも快感が高まる。

今、奈緒は向かって左側を向いて、横臥して、足を曲げている。

すべすべの尻たぶが強調されて、その格好がエロい。

そして、史朗の勃起はいつもとは違う角度で、奈緒の膣をうがつ。

こうすると、奈緒は悦ぶ。おそらく、深いところに嵌まっていくからだろう。それに、この恥ずかしい格好……。

ひと突きするたびに、史朗も快感が高まっていく。

ズンッ、ズンッと突くと、

「あんっ……あんっ……」

奈緒は甲高く喘ぐ。すでにここが家の一室であることが頭から飛んでいるようだ。

奈緒の下になっているほうの足を伸ばさせて、史朗は足の隙間《すきま》に左足を置く。すると、いっそう奥へと屹立が潜り込んでいって、

「ぁああ、あああ！」

奈緒がいやいやをするように顔を振る。

「どうした？」

「苦しいの……奥まで入ってきて、苦しい」

奈緒が息も切れ切れに、訴えてくる。

「だから、いいんじゃないか？　奈緒は奥を突かれるほうが感じるだろう？　いいんだぞ、自分を出して。素直になりなさい」

史朗はさらに腹を突き出す。いきりたちが、尻たぶの底をうがち、その横になっている膣をいつもとは違う角度で押し広げていく感触がたまらない。

「あんっ、あんっ、あんっ……ぁああ、許して。もう、許して……」

「許さない」

史朗はぐいぐいと突き入れながら、空いている手で乳房をつかむ。

横を向いたたわわすぎる乳房を鷲づかみにして、荒々しく揉み込む。そうしながら、屹立を横から叩き込む。

「ぁああ、あああああ……もう、もうイク……」

奈緒が訴えてきた。

最後はバックから嵌めて、イカせたい。

史朗はいったん結合を外して、奈緒を布団に這わせた。

屹立を押し込む前に何気なく顔をあげると――。

唐草《からくさ》模様の欄間から、きらりと光っている二つの目が見えた。

(えっ……?)

目を凝らした。

やはり、人の目だ　部屋の明かりにその顔がぼんやりと浮かびあがっている。

(千鶴……!)

夫婦だから、わかる。それは間違いなく、千鶴の顔だった。

(千鶴が、俺たちのセックスを覗いている!)

衝撃だった。さすがに、これまで千鶴が二人の密通を覗き見していたことはない。

もう一度、確かめる。じっと見つめた。

千鶴にも、史朗が気づいて、自分を見ていることがわかるはずだ。しかし、千鶴はいっこうに怯むことなくこちらを凝視している。

わからない。かわいい妹が自分の夫と密通しているところを、観察する秋元千鶴という女が。

だが、ここで怯んだら、負けだということはわかる。

(見せつけてやる。お前に俺たちの激しいセックスを見つけてやる)

史朗は体を沈めて、高々と持ちあがった奈緒の尻たぶの底を舐める。見せつけるように、たっぷりとクンニをする。

「ぁあああ、あああああ」

と、奈緒が喘ぐ。

「奈緒、気持ちいいんだな？　答えなさい！」

「はい……気持ちいい……ください。お義兄さんのおチンチンをください」

奈緒がまんまと乗って、訴えてくる。

今、角度的に言っても、奈緒には姉が情事を覗いていることはわからないだろう。

「ダメだ。もう少し、このままだぞ」

史朗はそう言って、後ろから狭間を舐める。ピンクの鮑《あわび》が海水を噴き出して、もの欲しそうにひくひくとうごめいている。

肉鮑をたっぷりと舐めて、その下のほうについているクリトリスを指でいじる。愛蜜を塗りつけて、くりくりと転がす。もちろん、これは千鶴の目を意識している。妹がどれだけ自分を欲しているかを誇示するのだ。

「ぁあああ、もう、もう欲しい。焦らさないでください……欲しいの。欲しい……ちょうだい。お兄様のおチンチンをください」

奈緒がぎりぎりの状態で求めてくる。

「しょうがない女だな。最初はいやがっていたのに、今は自分から入れてとせがんでくる。いいぞ、入れてやる」

史朗は上体を起こして、いきりたちを双臀《そうでん》の底に押しつけた。ぬるぬるっと擦っておいて、膣口に押し込んでいく。

とろとろに蕩けた肉路を雄々しいものが押し広げていき、

「はうぅぅぅ……！」

奈緒が背中をしならせた。

史朗は細腰をつかみ寄せて、ゆったりと腰をつかう。すると、そのスローな突きがいいのか、

「ぁあああ、あああああああ……蕩ける。わたし、蕩ける」

奈緒が心底感じている声をあげる。

（これだ。これを待っていた）

史朗はちらりと欄間を見つめた。依然として、女の目が光っている。

千鶴への怒りが、史朗の性欲をかきたてた。

（くそっ、千鶴……お前はどうなっているんだ！）

徐々に打ち込みのピッチをあげた。ズンズンっとつづけざまに強く叩き込むと、

「あんっ……あんっ……ぁあああ、おかしい。お義兄さん、わたし、おかしい！」

奈緒がさしせまった声をあげた。

「イキそうか？　イキそうなんだな？」

「はい……イキそう。イキます」

「ダメだ。まだイカせない」

史朗はぴたりとストロークをやめて、前に屈んだ。脇から手をまわし込んで、乳房をとらえた。

柔らかい肉層が指にまとわりついてくる。

その適度な弾力がこたえられない。中心にそこだけ硬くしこった突起がある。それをつまんで、転がした。くり、くりっと左右にねじると、

「あんっ、あんっ……ぁあああ、欲しい。イカせて！」

奈緒は自分から腰を振って、ストロークをせがんでくる。

「ダメだ。まだイカせない」

史朗は乳首を捏ねながら、背中にキスをする。なだらかな曲線を描く背中を舐めていく。

背筋に沿って舌を走らせ、肩甲骨の真ん中にキスをする。

そうしながら、乳房を揉みしだき、突起を捏ねる。

「ぁあああ、もうへんになる。おかしくなっちゃう！　ぁあああ、突いてください」

そう奈緒がせがんでくる。

「どこを突いてほしいんだ？」

「ああ、あそこよ。奈緒のあそこ」

「あそこではわからない。ちゃんと言わないと、してやらないぞ」

「ぁああ、お義兄様、意地悪……オ、オマ×コよ。奈緒のオマ×コよ。欲しい。イ

カせて。おかしくなっちゃう！」

「よし、よく言った」

史朗はふたたび腰をつかみ寄せて、強いストロークを打ち込んでいく。

ギンとした勃起が義理の妹の体内を深々とうがち、

「ああ、これです。あんっ……あんっ……あんっ……」

奈緒があからさまな声をスタッカートさせる。

（これだ。これで、千鶴も少しはショックを受けるだろう）

自信満々に欄間を見た。

千鶴は微笑んでいた。

欄間を通してもそれとわかる笑みを口許に浮かべて、ぎらぎらした目で二人を見ている。

（くそっ、くそっ、くそっ……！）

苛立ちが心を蹂躙《じゅうりん》した。

「奈緒、右手を後ろに」

命じると、奈緒はおずおずと右手を後ろに差し出してきた。その前腕を握って、後ろに引いた。

すると、奈緒はのけぞりながら半身になって、その横顔が見えた。

ととのった奈緒の顔が今は快感にゆがんでいる。眉根を折って、今にも泣きだしそうな顔をしている。

右腕を引っ張るほどに、打ち込みの深さが増す。

こちらに引っ張られているから、打ち込んだときの衝撃が逃げない。そのために、ストロークの衝撃がもろに伝わる。

史朗は意識的に浅いところを突く。

我慢できないとでも言うように、奈緒は自分から尻を突き出してくる。

「何だ、この尻は？　そんなに奥に欲しいか？」

「はい……奥に欲しい」

「いいだろう。そっちの手も後ろに」

史朗は両腕をつかんで、後ろに引く。そうやって衝撃が逃げないようにして、深く突き刺した。

半身を斜めに持ちあげた奈緒が、後ろから突きあげられて、

「あんっ……あんっ……ぁあああ、イクわ。イク、イク、イッちゃう！」

声を絞りだした。

史朗ももう射精寸前まで高まっていた。

ひと擦りするたびに、熱い塊が下半身にひろがってくる。

「おおぅ、出すぞ。奈緒、出すぞ」

息を詰めて、つづけざまに突きあげる。

「あんっ、あんっ……ぁあああ、イキます。イク、イク、イッちゃう……！」

「そうら、イケ！」

両腕を引きながら、ぐいと刺し貫いたとき、

「……イクぅぅぅぅ……うはっ！」

奈緒はのけぞりながら、がくん、がくんと震える。

今だとばかりにもうひと突きしたとき、史朗にも至福が訪れた。

「おおぅ……！」

吼えながら、放っていた。

奈緒は男液を受け止めながら、痙攣している。

長い放出を終え、奈緒をそっとおろした。奈緒はぐったりして、微塵《みじん》も動かない。

息をととのえながら、欄間を見た。

そこにはもう千鶴の姿はなく、隣室の暗さだけが残っていた。

# 第三章　反撃の調教

## 1

一日、経過しても、亮一は奈緒からとんでもない秘密を打ち明けられたときの衝撃から、抜け出せないでいた。

それはまさに背徳に彩られた、あり得ない話だった。だが、それは現実なのだ。以前から微妙なところがあると見ていた三人の関係だが、おぞましいとしか言いようがなかった。

女将の千鶴は、自らレズビアンであることを隠して、支配人の史朗と結婚した。結婚後は史朗とのセックスを拒み、史朗は欲求不満に陥り、関係が悪化した。

その史朗のご機嫌を取るために、千鶴は妹の奈緒を抱くように勧め、史朗は脅しをかけるような格好で、奈緒を抱いた。

それは今もつづいており、昨夜、奈緒が亮一の部屋に逃げてきたのは、史朗にセックスを強要されたからだ。

聞けば、千鶴が仲居の亜弥とレズっているときに、史朗は居たたまれなくなって、奈緒の部屋に来て、半ば強引に抱いていくのだと言う。

平井亜弥という仲居は知っていた。

確かに、かわいかった。小柄だが、胸は大きく、いつもにこにこしているが、言い表しようのない色気があった。

あの色気は、千鶴とのレズ行為で培《つちか》われたものなのだろう。

(しかし……俺はどうしたらいいんだろう?)

奈緒は救いを求めて、自分のところに来た。そして、身をゆだねてきた。

(俺は奈緒を抱いた。奈緒はその前に、『いやなことに巻き込まれますよ。それでもいいなら』と警告を出してきた。俺はそれでもいいと言った。俺はそれをわかっていて、奈緒を抱いたのだ)

昨夜の情事は自分が体験したなかで、最高のセックスだった。

(奈緒が助けを求めてきたのだから、俺はそれに応じるべきだろう)

自分は暴力団から逃げて、行き倒れているところを奈緒に助けてもらった。今度は自分が奈緒を助ける番だ。

亮一はそう心に決めた。

では、どうすればいいのか？

（支配人を何とかすればいい。それだけではダメだ。元凶であるあの女将を何とかしなければ……）

亮一は証券マンだった男だ。思いついたことは、迅速に行動することにしている。

奈緒を部屋に呼んで、今度また、史朗が部屋に来る気配があるときは、教えてくれと頼んだ。

史朗が奈緒にせまる様子をスマホで撮影して、その映像で史朗を脅す。

史朗はこの旅館の責任者だから、絶対に醜聞は嫌う。

その映像を公開する、と脅せば、以降、奈緒にせまることはないだろう。その作戦を告げると、

「今夜あたり危ないです。昨夜、ああいうことになって、今、お義兄さんは苛立《いらだ》っているでしょう。おそらく、今夜あたり来ると思います」

部屋の様子を訊くと、奈緒の部屋は二階にあるが、隣室も和室で、その境には欄間があるから、そこから隣室の様子を撮影できるだろうということだった。

「でも、わたしはもうあの人に強いられるのは、いやです」

奈緒がきっぱりと言った。

「そこは問題ない。そういうことに至る前に、俺が撮影して、部屋に入っていくから。それで、スマホの映像を見せながら、史朗を脅せば、一発だろう。だから、奈緒さんはできる限り抵抗してほしい。それを無理やり、というところを撮ったほうが、ダメージは大きい」

「わかりました。では、その前にわたしが藤巻さんをその部屋に案内します。お義兄さんは仕事を十時に終えます。それから、家に戻ります。ですので、その前に藤巻さんを案内します」

「それから、その藤巻さんはやめてもらえますか？　他人行儀すぎる」

「では、どう呼べばいいですか？」

「名前でいいです。亮一で」

「わかりました。では、亮一さん、わたしが折りを見て、スマホに連絡を入れます。そうしたら、旅館を出て、家の前まで来てください。わたしがすぐに招き入れます」

「わかりました。そうしてください。では……あまり長くいると、また怪しまれます」

「はい……では」

奈緒が部屋を出た。

亮一はわくわくしていた。

ここに来て、ただ隠れているだけの退屈な生活だった。だが、自分には使命ができた。奈緒をこのおぞましい関係から救いだすという。

亮一はその日を、怪しまれないようにこれまでどおりに過ごした。

夕食を摂《と》り、温泉につかり、テレビを見ていると、奈緒から電話があった。

『姉は部屋に入りました。お義兄さんは、今夜、昨夜のことを問い詰めに部屋へ行くと言っていたので、必ず来ると思います。部屋を出て、家の玄関まで来てくださ い』

「わかった」

亮一はスマホをしまい、丹前をはおって廊下に出た。

史朗の目に触れないように気をつけて、外に出た。雪景色を眺めながら、秋元家に向かう。

本家の玄関に到着すると、静かに戸が開いて、奈緒が出てきた。

さっと周囲を確かめ、亮一の手を引いて、なかに招き入れる。

「シーッ」と唇の前に人差し指を立てて、木の階段をあがっていく。亮一もその後につづいた。二階の廊下を足音を立てないように歩いて、奈緒の部屋の隣の和室に入る。

そこには、隣室との境にすでに丸椅子が用意してあった。

「ここにあがれば、撮れると思うのですが、やってみていただけませんか？」

奈緒に言われて、亮一は静かに椅子にあがる。

唐草模様の欄間が邪魔だった。しかし、その隙間にスマホのレンズを当てたところ、隣室の様子がきれいに映った。

「大丈夫です。充分です」

亮一は椅子から降りた。

「お義兄さんが来るまでは、撮らないでくださいね」

「もちろん……それから、暗すぎると鮮明に撮れないから、部屋は明るくしておいてください」

「承知しました。では……」

奈緒はお辞儀をして、部屋を出て行く。

隣の部屋に奈緒が入っていく気配がして、亮一は我慢できなくなり、静かに椅子にあがった。

欄間から、奈緒が見えた。

いつものようにパジャマを着て、丹前をはおっている。

和室の向こう側には一組の布団が敷かれ、こちら側に炬燵が置いてあり、奈緒は文庫本を読みはじめた。

(これはテストだから)

そう自分に言い聞かせて、欄間の隙間にスマホを当てて、試し撮りをする。

画面に、炬燵に入って、本を読む奈緒の姿が映っていた。

すでに髪は解いていて、長い黒髪が肩や背中に散っている。

別に何か特別なことをしているわけではないが、この何気ない映像はずっと残しておきたい。

あまり撮ると、バッテリーがなくなる。

途中でやめて、椅子から降り、身を潜める。

十五分くらい経過しただろうか、階段をあがる足音が徐々に大きくなり、廊下を通りすぎて、止まった。

コンコンとドアを叩く音がして、

「俺だ。開けてくれ」

史朗の声が聞こえた。

亮一は慎重に物音を立てないようにして、椅子にあがる。

欄間から覗くと、史朗が部屋に入ってくるところだった。亮一はすぐにビデオのボタンをタップして、撮影をはじめる。

映っている。ばっちりだ。

「何の用でしょうか？」

立ちあがった奈緒が、史朗をにらみつけた。

「奈緒、昨夜はどこに行っていたんだ？」

「どこでもいいでしょ。お義兄さんには関係ないはずです」

「関係あるから、訊いているんだ」

「……お義兄さんから隠れるために、あるところにいました。すべて、あなたのせいです！」

奈緒がこちらの指示どおりに突っぱねた。

「そんなに俺がいやか？」

「はい。これ以上、あなたの思い通りにはなりません。あなたは、もう長い間、わたしを凌辱《りょうじょく》してきた。この家の秘密をばらされたくなかったら、俺の言うことを聞けと……それは、パワハラで、セクハラで、DVです」

「何い！」

史朗が気色ばんだ。

いきなり、奈緒にとびかかって、布団に押し倒した。

「やめてください！」

奈緒が激しく抵抗して、その手が偶然、顔に当たった。

次の瞬間、史朗の右手がパチーンと奈緒の頬を打った。

「ぁあぁうぅぅっ！」

奈緒が打たれたところを手で押さえて、恐怖の顔で史朗を見た。

(あの野郎！)

出ていって、ぶん殴ってやろうかと思ったが、その憤りをかろうじてこらえた。

まだ早い。これだけでは、証拠として弱い。

史朗は奈緒の丹前を脱がし、さらに、パジャマに手をかけて、思い切り引き裂いた。ボタンが弾け飛び、ノーブラの乳房が転げ出てきた。

「いやっ……」

と、奈緒が胸を手で隠す。

史朗はその隙に、パジャマのズボンに手をかけて、一気に引きおろす。奈緒は純白のパンティを穿《は》いていて、それを史朗は強引におろして、足先から抜き取った。

(もう、これだけで充分じゃないか？　いや、まだだ。まだ早い！)

一糸まとわぬ姿に剝かれた奈緒は、部屋の片隅に逃げて座り込んだ。

それから、ちらりと欄間を見た。

(待ってくれ。もう少し待ってくれ)

亮一は奈緒に心のなかで叫ぶ。

これだけでは、弱い。性的な強制行為を撮りたい。史朗はうずくまる奈緒を見て、丹前を脱ぎ、自分の穿いていたズボンを脱いだ。

よほど昂奮しているのだろう、股間のものがびっくりするほどの角度でいきりたっている。

「ほら、お前の大好物だろう。しゃぶりなさい」

怒張を口許に突きつける。奈緒はいやがって、必死に口を閉じている。

史朗が彼女の鼻をつまんだ。苦しくなって口を開けた瞬間を狙って、勃起を押し込んだ。

「ぐふっ、ぐふっ」と噎せて、吐き出そうとする奈緒の顔を、史朗は両側からがっちりと押さえつけて、そこに屹立を押し込んでいく。

苦しそうに眉根を寄せて、こちらを見る奈緒。

それを愉しむように、史朗が腰を振り、禍々《まがまが》しいイチモツがずりゅ、ずりゅっと奈緒の口を犯し、唾液がすくいだされる。

もう、いい！　飛び出すのは今だと思いながらも、しばらく身体が動かなかったのは、奈緒が凌辱を受けているその姿に、股間を撃ち抜かれるような昂奮を覚えたからだ。

（いや、昂奮している場合じゃない。もう充分に撮った！）

史朗は撮影を止めて、椅子から降りた。

早足で歩き、隣室のドアを開けた。

なかに足を踏み入れると、史朗が目を見開いて、こちらを見た。

「何をしているんだ！」

厳しい口調で言うと、史朗があわてて口から肉棹を抜いた。隠すものがなくて、両手で股間を押さえて、腰を引く。

「もう一度聞きます。何をしていたんですか」

「いや、これは、ただ……」

「ただ？」

「……あんたは、なぜここにいるんだ？」

冷静を取り戻したのか、史朗が居直って言う。

「これを撮るためですよ」

亮一はスマホの写真の項の最後に撮ったビデオの画面をタップした。

画面が見えるように、史朗の前に突きつける。

すると、押し入った史朗が奈緒の頬にビンタをし、裸に剝き、角に詰まった奈緒にイラマチオする動画が、音声とともに流れる。

それを見た史朗の表情が可哀相《かわいそう》になるくらいに、引きつった。

「奈緒さんから、あなたにＤＶされていると聞きましてね。それなら、と俺が乗り出したわけです。俺は奈緒さんに命を救ってもらった。これは、その恩返しですよ」

きっぱり言うと、史朗はようやく現実がつかめたのか、畳にがっくりとひざまずいた。

「……この動画を公にしてほしくないのなら、金輪際、奈緒さんには手を出さないでください。もしまた、彼女に手を出したり、他の方法で危害を加えるようなことがあったりしたら、これを公開します。警察にDVとして訴えることもできます。言っていることはわかりますね」

慇懃《いんぎん》に言うと、史朗はあっけなく陥落して、救いを求めるように亮一を見た。

「わかった。俺が悪かった。だから、それだけはやめてください。俺のせいじゃないんだ。すべて、千鶴が悪いんだ。あいつが俺をそそのかした」

史朗が言い訳をする。

「女将がそそのかしたんですか？　どうやって？」

そう訊きながら、亮一は死角になったところで、スマホの録音ボタンをタッチする。

「あいつは、千鶴はじつはレズなんだ。女しか愛せないんだ。俺は騙されて、結婚した。俺は当然、不満に思った。そうしたら、千鶴に妹を抱いたらと、そそのかされた。だから、奈緒さんを……悪かった。許してくれ。このとおりだ」

史朗が畳に正座して、額を擦りつけた。

「いやがる奈緒さんに無理やりしたんですね。応じなければ、姉の秘密をばらすと脅したんですね」

「……そうだ。あいつが悪いんだ。すべて、あいつが……」

「わかりました。俺は今、女将にも制裁を加えなければと考えているんです。それに協力してもらえますか？　それなら、この動画は秘密にしておきますよ」

提案すると、史朗の表情が変わった。

「わかった。何でもする。どうしたらいい？」

「……でしたら、今度、女将がレズの相手を引き込んだときに、俺に教えてもらえますか？　それが上手くいったら、この動画は公にはしません。もちろん、奈緒さんや俺に危害を加えたら、そのときは公開します。それでいいですね？」

「わかった。お願いだから、このことは内密にしてくれ」

「わかりました。いいですよ、もう行って。それから、このことはくれぐれも内密にお願いしますよ。とくに、女将には」

「わかった。もう一切、奈緒さんは手を出さない。悪かった……」

「俺にではなく、奈緒さんに謝ってください。この場で」

「わかった……悪かった。奈緒さん……申し訳ありませんでした」

史朗が額を畳に擦りつけた。

「いいでしょう。二度と、この部屋に来てはいけませんよ。行ってください」

「わかった」

史朗はズボンを穿いて、すごすごと部屋を出て行く。

「これで、もう大丈夫です。この動画がある限り、あいつはもうあなたには手を出せません」

「はい……ありがとうございます」

すでにパジャマを着終えた奈緒が頭をさげる。

乱れたままの髪が劣情《れつじょう》をそそった。だがここはあくまでも正義のヒーローを演じきりたい。

「あの……今夜は？」

奈緒がおずおずと訊いてくる。

「奈緒さんを抱くのは、千鶴さんに制裁を加えてからと決めています……でも、本当は今、あなたを抱きたくて、たまらないんですよ」

亮一は奈緒を抱きしめて、キスをする。

股間のものがいきりたち、それに気づいたのか、奈緒がそこをなぞってくる。

「いけません。したくなってしまう……あなたを抱くのは、任務の終了後と決めています。今夜はぐっすりとお休みください。お疲れでしょう」

「ありがとうございます。心遣いが、うれしいです」

「では……お休みなさい」

亮一は部屋を出て、千鶴に気づかれないように慎重に階段をおり、玄関を出た。

2

その三日後だった。

史朗から、『今、千鶴が平井亜弥と部屋に入った』という連絡がスマホに入ったのは。

「今から、行きます。俺を家に入れて、その部屋を教えてください」

亮一は電話を切って、その足で降雪のなかを秋元家に向かった。

玄関に史朗が待っていて、亮一を招き入れる。亮一を一階のその部屋に案内して、

「ここからなら、欄間を通して、二人の様子を撮影できるはずです」

小声で言いながら、隣室の和室の戸を慎重に開ける。

和室の隣室との境目には、すでに椅子が用意してあった。

「準備がいいですね。もしかして、あなたも覗いていましたか」

「いや……」

史朗はあわててそれを否定して、小声で念を押してきた。

「とにかく、私は協力をしました。忘れないでくださいよ」

「わかりました。行ってください」

うなずいて、史朗は静かに廊下を歩き、夫婦の部屋に姿を消した。

亮一は物音を立てないように椅子にあがって、唐草模様の欄間から隣室を覗いた。

すると、一組の布団の上で、一糸まとわぬ姿で二人の女が白蛇のように白い肌をさらして、からみあっていた。

亮一は持ってきたスマホを掲げ、写真の印をタップして画面を出す。

スマホを横にして、二人が画面におさまっているのを確認して、ビデオの赤い印をタップした。

すると、撮影中の印が出て、撮影時間の秒が時を刻みはじめる。

最初は、画面を後ろから見る。

部屋は照明が絞ってあるが、このスマホは性能が高いから、充分に映る。

セピアがかった画面のなかで、上になった千鶴が亜弥の両手を頭上でつながせ、あらわになった乳房にしゃぶりついている。

今のままでは、上になっている者の顔が見えない。やがて、千鶴の顔が見えるときがあるだろう。それを、息を凝らし、スマホを構えて、待つ。

支えているのがつらくなって、スマホを欄間の下に置いた。立てかけるようにして、撮影をつづけ、自分はじかにその様子を観察する。

淡い照明のなかで、千鶴は亜弥の丸々としたたわわな乳房を右手で揉みしだき、頂を舐めしゃぶっている。そうしながら、左手で亜弥の脇腹から腰の側面を撫でさすっていた。

「ぁあああ、あああああ、女将さん、気持ちいい……」

亜弥の呟《つぶや》くようなし喘ぎ声がしっかりと聞こえた。おそらく、今の声は録音できただろう。

「ほんと感じやすいんだから、亜弥は……」

千鶴が愛情たっぷりに言って、唇にキスをした。

二人のキスが徐々に激しいものになり、キスを終えると、千鶴が少し上にずれて、亜弥の顔の上に乳房を差し出した。

するると、亜弥は目の間の乳房にしゃぶりついた。赤い乳首に舌を走らせると、

「ぁあああ……いい。上手よ。亜弥、上手よ……揉んでもいいのよ。揉みながら、吸って……」

千鶴が言って、亜弥はたわわなふくらみを揉みしだき、片方の乳首を舌であやしだした。

「ぁああ、気持ちいい……亜弥、気持ちいい」

そう喘ぐ千鶴の、突き出されたヒップが正面に飛び込んでくる。

「ぁああ、お姐さま、うれしい……もっと感じてください」

亜弥が大きな目で見あげ、さらに丹念に乳首を舐め転がし、揉みしだく。

「ぁああ、上手よ。今度はわたしの番ね」

千鶴は枕を持って、裸身をおろしていき、亜弥に腰枕をした。そうやって、恥肉の位置をあげて、下から舌でなぞりあげる。

「ぁあああああ……いいんですぅ」

亜弥がぐーんとのけぞった。

千鶴は丹念に狭間を舐めている。

その様子を、亮一はスマホで撮影しながら、ほぼ真後ろの上から見ている。

時々、スマホを見て、上手く映っているかを確認する。微調整して、また肉眼で眺める。

クリトリスを舐められているのだろう、亜弥の洩らす喘ぎが徐々に大きくなり、ついには、両手でシーツを鷲づかみにして、

「ぁあああ、お姐さま、イキそう……イキそうです」

亜弥が訴えた。

すると、千鶴は下腹部から顔をあげて、反対側を向きながら、足を交差させて、お互いの恥肉を密着させる。

男女の体位で言うところの、松葉《まつば》くずしだ。

何をするのか見ていると、二人は相手の足に抱きつくようにして引っ張り、支点となっている恥部を擦り合わせているではないか。

亜弥は千鶴の足指を舐めながら、腰を振り、千鶴もそれに応えて、腰をくねらせる。

二人の恥肉が密着し、擦れあって、ぐちゅ、ぐちゅと卑猥な音を立てる。

そして、二人は腰を振りながら、高まっていく。

その淫らで妖艶な姿に、亮一も昂奮した。

空いている左手を、浴衣の下に入れて、勃起を握った。手振れしないように、

ゆっくりとしごくと、圧倒的な快感がうねりあがってきた。

知らなかった。レズビアンがこんなに卑猥なものだったとは。

史朗もおそらくここから覗いていた。その気持ちがよくわかった。

「ぁああ、お姐さま……亜弥、イッちゃう……」

亜弥が訴えて、

「いいわよ。イキなさい。亜弥は貝合《かいあ》わせで、気をやるのよ。そうら、イキなさい。わたしの前で、あさましく気をやりなさい」

「はい……ぁああ、イキます。イク、イク、イッちゃう！」

亜弥はさしせまった声をあげて、いっそう淫らに腰を振った。

その直後、

「イキます……イク、イク、イク……はうっ！」

千鶴も最後は艶かしく喘いで、大きくのけぞり、それから、がくん、がくんと腰を振りたくった。

がっくりして動かなくなる。

（終わりか？　もう充分だろう）

亮一が隣室に向かおうとしたそのとき、千鶴が隠してあった貞操帯のようなものを取り出した。それを見て、亮一は考え直す。

ふたたびスマホを隣室に向けた。

ぐったりしている亜弥を見ながら、千鶴は黒い貞操帯のようなものを腰に付けて、内側に向けたディルドーを自分の膣に押し込んだ。

装着を終えると、もう一本の黒光りするディルドーが外側に向けて、突き出していた。

（これは……レズ用のペニスバンド？）

雑誌の広告に載っていたのを見たことがある。

亮一は千鶴のその姿を思わず写真で撮っていた。シャッターを切っても音が出ないように設定してあるから、シャッター音は出ない。

数枚撮って、溜め息をついていた。

長い髪を肩や背中、乳房に垂らした美貌の女が、股間から禍々しいペニスを屹立させている。その姿は神々《こうごう》しくも倒錯的であり、男の劣情を駆り立てた。

「亜弥、舐めなさい。お前の大好きなものだろ？」

千鶴が布団に仁王立ちする。

亮一はまたビデオ撮影を開始する。

亜弥がにじり寄っていき、千鶴の前に両膝立ちになった。

顔を寄せて、黒光りするディルドーをつかんで、下から舐めあげる。愛おしいものを扱うように丁寧に舌をつかい、上から頬張った。

一気に根元まで咥えて、ぐふっ、ぐふっと噎せた。

吐き出そうとはせずに、ゆっくりと唇を引いていって、途中からまた根元まで唇をかぶせる。

それをつづけるうちに、千鶴の息づかいも乱れてくる。

おそらく、フェラチオされると、その力が内側を向いたディルドーにも伝わり、膣にも響いてくるのだろう。

(そうか……オマ×コがまったく感じないというわけではないんだな)

自分の勃起を打ち込んだら、やりようによっては千鶴も感じるかもしれない。

まったく膣がダメというわけではないらしい。

(この動画を見せながら、犯してやりたい!)

なぜだろう、この二人を見ていると、邪悪なものがうねりあがってくる。

亜弥はしばらく、両手を千鶴の腰に添えて、口だけでディルドーを頬張った。

張り形にすぎないものをこれだけ情熱的にしゃぶっているのは、亜弥にとって、それをご主人さまと仰ぐ千鶴のペニスだと感じているからだろう。

ぐちゅ、ぐちゅと淫靡な音を立てて、亜弥は唇を人工ペニスにからみつかせ、すべらせる。

ゆっくり顎をせりあげていた千鶴が、それを口から引き抜いて、亜弥を仰向けに寝かせた。

腰枕を入れて、足をすくいあげた。

あらわになった翳りの底に、唾液にまみれたディルドーを押し込んでいく。それが姿を消すと、

「ぁあああ……」

「くっ……！」

二人が同時に喘ぎ、呻いた。

（おお、すごい……！　こういうこともするのか！）

握りしめていた分身がびくんと躍りあがった。

スマホの画面をチェックしながら、欄間の隙間からじかに二人を見る。

千鶴は上体を立て、亜弥の足を開かせながら、腰をつかう。

たわわで形のいい乳房が揺れて、股間から生えたペニスが亜弥の体内を犯してい

く。

素晴らしい乳房を持ちながら、ペニスをも備えているその姿は、これまでに見たことのないものだった。

「あんっ……あんっ……」

打ち込まれるたびに、亜弥は声をあげて、のけぞる。

よく聞くと、千鶴も「うっ……あっ……」と押し殺した声を洩らしていた。

(やはり、ストロークをするたびに、膣を突かれて、千鶴も感じているのだ)

これなら、自分も千鶴を凌辱しながら、よがらせることができるかもしれない。

千鶴は足を放して、覆いかぶさっていく。

亜弥の唇を奪い、濃厚なキスをつづけながら、腰をつかう。

「んんんっ、んんんんっ……ン」

亜弥はくぐもった声を洩らしながら、両手で千鶴を抱き寄せている。

両足を千鶴の腰にからませて、引き寄せるようなこともする。

(この女……!)

亜弥は仲居のなかでも、一番人気である。かわいいし、胸は大きいし、性格も素直で謙虚だ。

だが、亜弥は日常とは裏腹に欲深い。

貪るように、千鶴からもたらされる快楽を享受している。

（奈緒も、千鶴も、亜弥も……この女はみんな欲深く、罪深い。だが、俺はそれ以上に欲深く、かつ罪深い）

「ぁあああ、お姐さま、またイキそうです」

亜弥がキスをやめて言い、

「いいんだよ、イッて……わたしもイキそう」

千鶴が答えた。

「ぁあああ、あああぁ……お姐さま、もうイク……」

亜弥がぎゅっと抱きついて、

「いいんだよ。ぁあああ、わたしもイキそう……イクよ。イクよ」

千鶴の裸の尻がぎゅっ、ぎゅっと締めつけられて、ディルドーを押し込んでいっているのがわかる。

（よし、今だ！）

亮一はスマホの撮影を止めて、椅子から降りた。

部屋を出て、ドアを引くと、簡単に開いた。そもそもここには内鍵がついていないのだ。

3

踏み込むと、二人がこちらを向いて、目を剝いた。

「何よ、あなた！」

千鶴はそう言いながらも、結合を外し、いきりたつものを隠した。

亜弥は両足を胸に引き寄せて、顔を手で覆う。

「お客さまの藤巻亮一ですよ。ご存じでしょ？　すみませんね。ある方から、お二人がレズの関係だとうかがいましてね。そのシーンを隣の部屋から撮らせていただきました。見ますか」

亮一はスマホを操作して、動画を流す。

千鶴が亜弥の乳房にしゃぶりついている映像を、二人によく見えようにスマホを差し出した。

それを見ていた二人の表情が見る間にこわばっていく。

「知りませんでした。千鶴さんはペニスをつけて、男になるんですね。あなたのペニスバンドで亜弥さんを犯している様子もしっかりと撮ってあります。待ってください　よ」

亮一はスマホを操作して、終盤の動画を見せた。

黒光りするペニスバンドをつけた千鶴が、亜弥の体内にそれを打ち込んでいくシーンが流れて、それを見た千鶴が、

「わかったわ。わかったら、もうやめて……」

スマホの動画再生を止めさせて言った。

「何が目的なの？」

「目的ですか？　そうですね。じつは、俺は若女将の味方なんですよ」

亮一は言いながら、枕許に畳んであった平帯をつかみ、亜弥の両手を後ろにまわさせて、後手にくくった。

「ちょっと、何をするの？　解いてあげて」

千鶴が眉をひそめた。

「残念ながら、あなたたちは俺の言うことを聞かざるを得ないんですよ。今、見せた動画が流出したら、どうなります？　ここは終わりですよ。女将が仲居とレズビアンだった。しかも、支配人にはレズであることを隠して、結婚した。そして、支

配人が不満を抱いたとき、あなたは妹を抱くように勧めた。そんなことが、公になったらどうなります？」

「そ、そんなことはしていないわ。誰に吹き込まれたの？　奈緒ね。奈緒の味方だと言っていたわね？」

「そうですよ。俺はあの人に行き倒れているところを助けられた。その恩返しをするのは当然ですよ。そうでしょ……？　あなたも両手を後ろにまわして」

亮一は千鶴の背後にまわり、両腕を背中にまわさせて、両手首がひとつになるように平帯で縛った。

それから、千鶴を座らせ、胡座《あぐら》をかかせて、両足首を腰紐でひとつにくくる。

一糸まとわぬ姿の千鶴が両手を後手にくくられ、胡座をかいている。そして、その股間からはいまだに蜜まみれのディルドーがそそりたっているのだ。

千鶴はもう抵抗できなくなって、顔を伏せている。

「亜弥さん、逃げないでくださいよ。大声をあげても無駄ですから。奈緒さんはもちろんのこと、支配人も来ません。俺をこのチャンスに隣室に呼んでくれたのは、支配人ですから」

「えっ……？」

千鶴が信じられないという顔をした。

「ちょっとした動画で脅したら、簡単に屈しましたよ。今では彼も我々の味方です。奈緒さんには金輪際手を出さないそうです。わかりましたね？　女将のしたことはすべてばれているんです」

「……どうしてわたしたちをこんな目にあわせるの？　わたしたちは奈緒とは関係ないでしょ？」

千鶴が顔をあげて言った。

そのシャッターチャンスを逃がさずに、亮一はスマホで写真を撮った。

「ちょっと……！」

千鶴が顔をそむけた。

亮一は近づいていって、股間から黒々としたペニスを生やした千鶴が胡座に縛られている写真を、千鶴に見せた。

「見るんだ！」

髪をつかんで、スマホを見させた。それに目をやった瞬間、

「いやっ……！」

千鶴は大きく顔をそむけた。

「あなたの言うように、二人は直接、奈緒さんとは関係ない。ただし、これからのことを考えたとき、あなたを押さえておいたほうが、いいだろうと……首根っこを押さえておかないと、あなたは何をするかわからない。偽装結婚をして、夫に妹を差し出すような女ですからね。それに……前からあなたが気に食わなかった。俺を見るときも、この厄介者が、早く出て行けばいいのに、という顔をしていた。それに、妹を売った姉には、それ相応の罰を与えなくてはいけない……そこで、あなたの愛おしい恋人がどうなるか、じっくりと見てくださいよ」

亮一は平帯を使って、千鶴に猿ぐつわをする。

平帯にひとつ結び目を作り、それを口に嚙ませ、きりっとした美貌の口許に真一文字に走らせて、後ろでぐいと結ぶ。

「ううう っ、ううう っ、うううう！」

首を横に振りながら、呻く千鶴。

よほど亜弥に手を出されるのがいやなのだろう。

亮一は悠然と亜弥に近づいていく。

亜弥が怯えた顔をし、下半身をつかって上へ上へとずりあがる。

その足首をつかんで、布団の中央に引き戻した。

足を開かせて、上から覆いかぶさる。

両手を後手にくくられている亜弥は、抵抗できない。

「本当にかわいい顔をしている。千鶴さんがあなたにぞっこんの理由がよくわかる。身体もとても敏感だ。それに、あなたはディルドーで昇りつめる。ということは、男のおチンチンでもイケるということだ。きみはネコだから、俺がタチをする。俺を女性だと思えば、感じるはずだ。かわいいよ、きみは。仲居のなかで一番かわいいし、性格もいい。俺はすごく気に入っている」

亮一は愛の言葉を紡ぎだして、亜弥のボブヘアを撫でる。

「ううっ、いやです……許してください」

亜弥は涙をたたえた哀切な目で亮一を見る。

その怯えが、男心をかきたててしまうことには気づいていないようだ。

「大丈夫だよ。乱暴はしない。やさしくするから、身をゆだねていいんだよ」

そう言いながら、のけぞった首すじにキスをする。ちゅっ、ちゅっとキスを浴びせると、

「やっ……やっ……んっ！」

最後は愛らしく喘いだ。

(やはり、この子は男相手でも感じることができる)

亮一は意を強くした。

「うううっ、うううううっ！」

呻き声がした。見ると、胡座にくくられた千鶴がこちらを見て、さかんに首を横に振っている。

やはり、そうだ。千鶴にとっては、愛する亜弥を穢《けが》されるのが一番つらいことなのだ。だが、ただ穢すだけではダメだ。感じさせないと。

亮一は首から肩へと。さらに、胸のふくらみへと舌をおろしていく。

汗ばんだ肌を舐めおろしていき、乳房をつかんだ。

たわわで柔らかく、弾力もある。

青い血管が透け出たふくらみを揉みあげ、頂上より少し上についている突起を静かに口に含んだ。

淡いピンクの乳首をかるく吸うと、

「んっ……！」

亜弥はびくっとして、顎をせりあげる。

(よしよし、感じている)

せりだしてきた乳首を舌で丁寧にあやした。

柔らかく舌をつかい、ゆっくりと上下になぞり、左右に弾く。また頬張って、ねっとりと舌をからめながら、乳房を揉みあげる。

「んんんっ……んんんんっ」

亜弥は必死に快感をこらえている。よし、もう少しだ。

亮一はさっと右手をおろし、翳りの底に指を添えた。なぞりあげると、

「ぁあああっ……！」

こらえきれなくなったのか、亜弥は声をあげて、顔をせりあげる。

(これがいいんだな)

カチカチの乳首を舌でねっとりとあやし、女の割れ目を静かになぞった。すると、恥肉の狭間がいっそう濡れてきて、指がぬるぬるっとすべり、

「ぁあああああうぅぅ……」

亜弥は泣いているような声をあげて、ぐぐっと下腹部を持ちあげてきた。

亮一は追い討ちをかける。

もう一方の乳首を舐めながら、翳りの底を指腹でノックするようにかるく叩いた。

すると、これが感じるのだろう、

「ぁああああ……あっ、あっ……はぅぅぅ」

亜弥は喘ぎながら、恥丘をせりあげてくる。

「気持ちいいんだね？」

乳首に口を接したまま訊いた。

亜弥は無言だが、否定することはしない。

「いいんだよ、感じて……自分の身体に素直になったらいい」

言い聞かせて、亮一はまた乳首を舌であやし、同時に、クリトリスを指で触れて、くるくるとまわすようにした。

やはり、ここが一番感じるのだろう。亜弥はもっと欲しいばかりに下腹部をぐいぐいと持ちあげる。

「そうら、オマ×コが欲しがって、勝手にあがってくるぞ。どうして、オマ×コがぐちゅぐちゅなんだ？　俺がいやなんじゃないのか？　お前はいやな男を相手にしても、感じているじゃないか？　どうしてだ？」

そう問い詰めながら、ちらりと横を見る。

胡座にくくられて、口枷をされた千鶴が、こちらを怖い目でにらみつけている。

「どうして、こんなに濡らしている？」

「……わ、わかりません」

「気持ちいいからだろう？　感じているからだろう？　亜弥はバイセクシャルなんだ。男も女も両方いける。だから、こんなにグチョグチョにしている」

亮一は一気に下半身のほうにまわり、足の間にしゃがんだ。

膝をすくいあげて、足を開かせる。

「あっ……！」

恥部をあらわにされて、亜弥が足を閉じようとする。

それを開かせて、翳りの底にしゃぶりついた。

さっきまでディルドーを受け入れていた恥肉は、すでに開いて、内部の鮮紅色をのぞかせている。しかも、粘膜はぐっしょり濡れて、ぬめ光っている。

顔を寄せて、狭間を舐めた。粘膜にぬるっと舌を走らせると、

「はあん……！」

亜弥は声をあげて、がくんと震えた。

「尋常な濡れ方じゃないな。かわいらしいのに、とても好きもののオマ×コだ」

亮一は狭間に何度も舌を走らせ、陰唇の外側も舐める。丁寧に、じっくりと。すると、亜弥はもうどうしていいのかわからないといった様子で、腰を持ちあげて、

「ぁあぁ、はうぅぅ」

物欲しげに腰を揺すりたてる。

「そうら、こんなに腰が揺れている。俺の舌が欲しくて、自分から押しつけてくる。いやらしい女だ。亜弥は女そのものなんだよ」

言い聞かせて、クリトリスを舐めた。

やはり、長年のレズプレイのせいか、陰茎はぷっくりと大きく、上側を引っ張るとくるっと剝けて、本体の肉真珠が現れた。

珊瑚色にぬめ光るそこは、やはり大きめで、『ここをいじって、舐めて』と訴えてくる。

そっと舌を寄せて、舐めあげると、

「はんっ……！」

亜弥はびくっと腰を震わせて、のけぞった。

敏感な器官を徹底的に舐める。

下から舌でなぞりあげ、ピンッと弾く。

「あんっ……！」

亜弥は大きく反応して、痙攣が太腿を走る。

とても感じやすい。要するに、亜弥は性的な感受性に恵まれているのだ。相手が誰でも急所を攻められると、反応してしまう。

（こんなかわいいのに、従順で、なおかつ敏感な身体を持っている。こういう女はなかなかいない）

丹念に肉芽を舐めしゃぶると、亜弥はもうどうしていいのかわからないといった様子で、半泣きになって喘ぎ、身悶《みもだ》えをする。

4

もう準備はととのった。

クンニをやめて、亜弥を座らせ、その前に立った。

「しゃぶりなさい」

目の前に、肉棹を突きつける。それは自分でも驚くくらいに、ギンとそそりたっていた。

「しゃぶりなさい」

ふたたび命じると、亜弥はちらりと千鶴を見た。

千鶴はそれだけはダメっとばかりに、激しく首を左右に振っている。

それを見て、亜弥もぎゅっと口を閉じる。

亮一は亜弥の鼻を指で挟んで、鼻孔を閉じさせる。息苦しくなって、千鶴が口を開けて呼吸をしようとする。

その瞬間に、猛りたつものを押し込んだ。

口腔深く肉棹が入り込み、亜弥は今にも泣きだしそうな顔で見あげてくる。

「それでいいんだ。自分で動かせ」

命じたものの、亜弥はじっとして、鼻で呼吸をしている。

「しょうがないな。本当はこんなことをしたくないんだ。亜弥が悪いんだからな」

顔を両側から押さえつけて、ずりゅっ、ずりゅっと肉棹を口に叩き込んでいく。

亜弥は苦しそうに眉根を寄せながらも、噛もうとはしない。この女に、ペニスを傷つけるという発想はそもそもないのだろう。

肉棹を押し込んでいくと、亜弥はただ耐えている。

両手を後手にくくられているから、突き放すこともできないのだ。

「ううっ、うううっ！」

横から凄絶な呻き声が聞こえた。見ると、千鶴はうつむいて、首をさかんに振っている。

（いい気味だ。あんたがいけないんだ。自業自得なんだよ）

亮一はイラマチオを徐々に弱くする。腰を振る振幅を少なくしていく。すると、亜弥が自分でも顔を打ち振っていることがわかった。

ごく自然に男のものを頬張っている。

亮一がストロークをやめても、亜弥は自分からそれに唇をすべらせつづけていた。

（この女……！）

胸底から、亜弥に対する欲望がうねりあがってきた。

亜弥はゆっくりと顔を振って、いきりたちに唇をすべらせる。後ろ手にくくられているので、手をつかうことはできない。

それでも、一途にイチモツを頬張ってくるのだ。

強烈な情欲がせりあがってきて、

「もう、いい……そこに這え」

亜弥が布団に這うのを助けてやる。両手を背中でくくられているので、上体を顔で支えることとしかできない。

亜弥は顔を向けながらも、腰を突きあげてくる。

ぷりっとした尻の底に、女のとば口が息づいていた。

そこに狙いをつけて、慎重に押し込んでいく。

そこは容易に勃起を受け入れて、ほぼ抵抗なく、屹立を奥まで迎え入れた。

「ぁあああっ……！」

亜弥は喘ぎ、背中を弓なりに反らせる。

背中にまわされた両手は手首でひとつにくくられている。そこをつかんで、ぐいと引き寄せる。

引きつけながら、腰を振った。

いきりたつ肉棹がずりゅっ、ずりっゅと体内をうがち、そのたびに、窮屈な肉路がぎゅっと締まってきて、亮一も快感がぐっと高まる。

強く打ち込み、一転して、浅いピストンにしていく。

浅瀬を短いストロークでいたぶると、

「ぁああ……もっと……」

亜弥が小声で言った。

「うん？　聞こえなかったぞ。今、何て言った？」

亮一はわかっていて、わざと訊く。

「教えないと、もうやめるぞ。やめてもいいんだな？」

亜弥が首を左右に振る。

「だったら、教えろ。もう一度、言え！」

「……もっと、もっと深くに」

亜弥が消え入りそうに言う。

「そうか、もっとだな。もっと奥に欲しいんだな？」

「はい……」

亮一はちらりと横をうかがう。

千鶴が首をさかんに左右に振っている。

亮一は激しく打ち込んでいく。

ひとつにくくられた手首をつかみ寄せて、パン、パンっと腰を打ち据えた。

「あんっ……！　あんっ……！」

奥に届かせるたびに、亜弥は甲高く喘ぎ、びくん、びくんと痙攣する。

「やっぱりな。亜弥はカチカチのペニスで、奥をがんがん突かれたほうが感じるんだ。いいんだぞ、それで。それが亜弥の正体だ。お前は恵まれている。せっかくの才能を無駄にするな。そうら、もっとか！」

亮一は手首を引き寄せて、つづけざまに深いところに打ち込んだ。

屹立が子宮口に当たる感触があって、

「あんっ、あんっ、あんっ……ぁあああ、イキそう……！」

亜弥が切羽詰まった声で言う。

「いいんだぞ。イッて……そうら」

亮一がつづけざまに打ち込んだとき、

「イク、イク、イッちゃう……はうっ！」

亜弥は一瞬のけぞり、がくん、がくんと身体を躍らせた。

手首をつかむ手をゆるめてやると、痙攣しながら、前に突っ伏していった。

だが、まだまだだ。

何度もイカせないと、亜弥を陥落させたとは言えない。

がっくりした亜弥を仰向けに寝させて、膝をすくいあげた。

翳りの底で、女の祠《ほこら》がぽっかりと口を開いている。

そこに、いまだに元気なものを打ち込んでいく。

上体を立てて、連続してえぐりたてる。

「……ぁあああ、もう、もう許してください」

泣き顔で哀願する亜弥を見ると、いっそう気持ちが高まる。

亜弥の足を肩にかけた。

その状態でぐっと前に屈み込む。

すると、亜弥の腰が鋭角に折れて、亮一は体重をかけたまま、前に両手を突いた。

顔の真下に、亜弥の顔がある。そこまで、深く屈曲させている。

苦しそうに眉根を寄せている亜弥の表情がたまらなく男心をそそる。

(これだな。この哀切な顔に、千鶴も惚れたんだな)

亜弥の表情を観察しながら、上から打ち込んだ。

この体勢だと、自然に勃起は奥まで入る。

上から叩き込みながら、途中でしゃくりあげるようにする。と、亀頭部がGスポットを擦りあげながら、奥のポルチオに届くのだろう。

つづけて打ちおろして、しゃくりあげる。

「あんっ……あんっ……ぁあああ、あああうぅぅ」

「気持ちいいんだな?」

「はい……ずんずん響いてくる。おかしくなる。わたし、おかしくなる」

「いいんだぞ。おかしくなって」

ズンッと打ち込むたびに、たわわな乳房がぶるんと揺れて、亜弥は少しずつずりあがっていく。

布団から出そうになって、腰を引っ張って、中央に引き寄せる。

また、両足を肩にかけて、深く屈曲させながら、打ち据えていく。

射精しそうだった。

だが、この後にはまだ千鶴が待っている。千鶴を凌辱しないと、気が済まない。

洩れそうになるのを必死にこらえて、激しく打ちおろしていく。

「あんっ……あんっ……ぁあああ、イク、イク、イキます……イッちゃう！」

亜弥がぎりぎりの声を放つ。

「いいんだぞ。イッて……イケぇ！」

ぐいぐいぐいっと打ち込んでなかを捏ねたとき、

「イク、イク、イッちゃう……はぁあああ！」

亜弥が大きく顔をのけぞらせて、びくん、びくんと躍りあがった。

亮一はピストンをやめて、膣の収縮を味わう。

一連のエクスタシーが去ると、亜弥はぐったりとして微塵も動かなくなった。

## 5

亜弥を畳に横たわらせて、亮一は千鶴の背後にまわった。

後ろにしゃがんで、左右の乳房をつかんで揉むと、

「うううっ、うううっ！」

口枷《くちかせ》をされた千鶴は、激しく呻いて、逃れようとする。

亮一は右手をおろしていって、股間から生えているペニスをつかんだ。依然として、千鶴の腰にはペニスバンドが嵌められている。

シリコンゴムでできたそれは硬いが、適度な柔らかさがあって、本物のペニスに似ている。ただ違うのは、冷たいことだ。

ディルドーを握って、ぐるぐるとまわしてやった。

だいたいこういうものは、外側を向いたディルドーと内側のそれはつながっている。

したがって、外側を動かせば、千鶴の膣におさまったディルドーも同じように動く。大きくまわしながら、時々、擦ってやる。

必死にこらえていた千鶴が、

「ううう っ……!」

口枷にしている平帯から、くぐもった声を洩らして、顔をのけぞらせた。

「ほうら、あんただって感じるじゃないか? これは、さっき亜弥の膣に嵌まっていたペニバンだからな。愛着があるんだろ? だから、感じる。そうら、もっとだ」

亮一は背後から手を伸ばし、そそりたっている黒い張り形をつかんで、ぐりぐりとまわした。時々、握り込んで、ピストンする。

そうしながら、乳房を揉みしだき、頂上の突起を指でつまんで捏ねる。

たとえ膣はあまり感じなくても、ここは充分に感じるはずだ。

必死に快感をこらえていた千鶴の顔が徐々にあがってきた。顎をせりあげて、口で平帯の結び目を噛み、

「ううう っ、うああっっ……」

と、顔をのけぞらせる。

「そうら、感じてきた」

亮一はベルトを外して、ペニスバンドを外してやる。内側におさまっていた、蜜

にまみれている。

はあはあと肩で息をする千鶴を移動させて、布団に仰向けに転がした。

後手にくくられて、猿ぐつわを噛まされた千鶴は、乱れた黒髪が張りついて、悩ましい。ととのった美人ゆえに、恨めしそうに見あげる目がたまらない。

両膝を開かせる。

両足をくの字にひろげた千鶴の足首に平帯がからみついていて、むっちりとした太腿の付け根に、女の祠が息づいていた。

長時間ディルドーを埋められていたせいか、そこは閉じられずに、なかの血のように赤い粘膜をのぞかせている。

濡れそぼった膣に、亮一は二本の指を合わせて、押し込んだ。

ぬるぬるっと嵌まり込んで、熱いと感じるほどの肉襞がからみついてくる。その粘膜を押し退けるように、指を根元まですべり込ませた。

奥のほうの上側を指で押し上げてやる。そうしながら、ストロークして、擦ってみる。

「んんんっ……！」

千鶴がいっぱいに顎をのけぞらせて、鋭く呻いた。

人差し指と中指をからませて、奥から入口へと擦りあげてやる。

「ぁあああ……」

千鶴の喘ぎが洩れた。見ると、口枷が少しずれて、その隙間からは声があふれていた。

「あんただって、オマ×コで感じるじゃないか？　不思議だよな。これで、支配人を拒否していたんだよな。そうか、あの男が本当は嫌いだったか？　少なくとも、セックスをしたくなるような男ではなかった。だが、あんたは旅館を建て直すために、あいつと結婚した。そうなると、もう抱かれるのがいやになった。釣った魚には餌をやらない、というやつだ。なるほど。あんたは支配人より、亜弥のほうを愛していた。そうだよな？」

訊いても、千鶴は答えない。

だが、違うという雰囲気を見せないから、おそらく当たっている。

亮一は指を抜き差ししながら、乳首を攻めた。

丸々とした豊かなふくらみの頂上にせりだしている突起を、舌で丁寧に刺激し、時々吸う。長い時間をかけて、左右の乳首をかわいがりながら、膣を指でうがち、粘膜を擦ってやる。

短時間は耐えられても、長時間されると、素が出てしまう。我慢できなくなってしまう。

「ぁあああ、あうぅぅぅ……」

千鶴は仄白《ほのじろ》い喉元をさらしながら、顎を突きあげ、同時に下腹部を持ちあげたり、揺らしたりする。

ぐちゅぐちゅと淫靡な音がして、とろっとした蜜がすくいだされて、シーツにシミを作った。

もうそろそろいいだろう。

亮一は下半身のほうにまわって、胡座にくくってある両足を持ちあげて、座禅転がしの体位をとる。

ひとつにくくられた両足をあげさせると、密生した翳りの底に女の花が淫らに開いていた。

ぷっくりとした肉厚な陰唇がひろがって、内部のぬめりが顔を出している。

そこに、しゃぶりついた。

ふっくらとした肉びらの狭間をスッーと舐めあげると、

「ぁあぁ、いやっ……！」

すでに猿ぐつわの外れた口から、千鶴の痛切な声が洩れた。

亮一はいさいかまわず、クンニをする。

狭間の粘膜を舐め、上方のクリトリスを舌でなぞる。

そこは肥大化しているのか、大きくふくらみ、包皮を脱いで、その本体をあらわにしている。

そこに狙いをつけて、徹底的に舐めた。なぞりあげ、左右に弾き、吸う。

「やめて……やめなさい……ううっ、んんんんっ……」

最初はいやがっていた千鶴の様子が変わった。

自分から腰を振っていたが、ついに、

「ぁあああ、あうぅぅ……もっと……」

そう喘いで、せがんでくる。

(そうら、やっぱり女そのものじゃないか)

レズビアンはクリトリスが一番の性的器官であると聞いたことがある。おそらく、千鶴も陰核が最大の急所なのだろう。

期待に応えて、肉芽を頬張って、吸い込んだ。

チューッと思い切り吸うと、大きな陰核が伸びて、口腔に吸い込まれ、

「ぁあああああ……！」

千鶴は聞いているほうがびっくりするほどの嬌声をあげて、ぶるぶるっと肢体を震わせる。

亮一は吐き出して、いっそう肥大化した肉芽を丁寧に舐める。上下左右に舌を走らせ、周囲も舐める。

もう一度、吸引する。チュッ、チュッ、チューと断続的に吸うと、

「あっ、あっ、あっ……はうぅぅぅ」

千鶴は顎をせりあげて、女の声を放った。

(よしよし、それでいい……)

亮一はクリトリスを長い時間をかけて、刺激する。

舌を走らせ、れろれろっと弾き、吸う。また、やさしく舐める。

それを繰り返している間に、千鶴の肢体に細かい痙攣が走った。

「あっ、あっ、あっ……」

短く喘いで、もうどうしていいのかわからないといった様子で、足の親指を反り返らせる。

それを繰り返すリズムを速くしていくと、千鶴の肌を走る痙攣が激しくなった。

ついには、

「ぁああ、やめて……それ以上しないで……あっ、あ、あっ……ぁあああ、イクわ。イク、イク、イッちゃう！」

首を左右に振って、胸をせりあげる。

「いいんだぞ、イッて……イクんだ」

けしかけて、思い切り吸い込んだとき、

「いやぁあああああああ……あぐっ」

千鶴は腰を痙攣させ、それが通りすぎると、力が抜けたようになった。

「イキやがった……クリで派手にイキやがった」

亮一はもう大丈夫だろうと、足をくくっていた平帯を解いてやる。

千鶴はぐったりしていて、抵抗する気配はない。

亮一はその間に膝をすくいあげて、そぼ濡れた淫らな口へ怒張を埋めこんでいく。

とても窮屈な肉路を亀頭部が押し広げていく確かな感触があって、

「はうぅぅ……！」

千鶴は顎を高々とせりあげた。

仄白い喉元を見ながら、亮一はゆっくりと抽送する。

ぬるっ、ぬるっと怒張が粘膜をかきわけて、奥へとすべり込んでいき、

「うっ……うっ……」

千鶴は低く呻く。

亮一は足を放して、覆いかぶさる。

見事にふくらんだ乳房の頂上で、セピア色の乳輪から赤く色づいた乳首がおっ勃っている。

挿入しながら背中を丸めて、乳首にしゃぶりついた。

とても片手では包みきれない量感あふれる乳房を揉みしだき、突起を舌であやした。ちろちろと舐めながら、浅瀬をピストンする。

「んっ……んっ……」

千鶴はびくっ、びくっと震える。

やはり、膣そのものより、クリトリスや乳首のほうが感受性が高いのだろう。

乳首を舐めながら、腰をつかった。チューッと吸い込むと、

「ぁあああ……！」

嬌声が洩れて、膣がひくひくっと肉棹を締めつけてくる。

（やはりな……）

亮一はじっくりと乳首を舐め、転がし、吸う。そうしながら、乳房を揉みしだく。それをつづけていると、明らかに千鶴の様子が逼迫してきた。

「ぁあああ、あああああ……もう、もうダメっ……」

「何がダメなんだ？　いきそうか？」

「違うわ……ぁあああ、それ……！　はうぅぅぅ」

千鶴が顔を大きくのけぞらせた。

亮一は乳首から顔をあげて、腕立て伏せの形で腰をつかう。

ずりゅっ、ずりゅっとえぐりたてると、千鶴は足をM字に開いて、屹立を奥へと導いて、

「あんっ……あんっ……」

甲高く喘ぎを響かせる。

「これが女将の正体だ。女将は男でも感じる。むしろ、おチンチンが大好きなんだ。そうら……」

つづけざまに打ち込むと、

「ダメ、ダメッ、ダメっ……イッちゃう……！」

千鶴が仄白い喉元をさらした。

「いいんだぞ。イッて……イケぇ！」

亮一がたてつづけに深いところに届かせたとき、

「ぁあああぁあ、くっ！」

千鶴は大きく顔をのけぞらせて、びくん、びくんと躍りあがった。

「イキやがった。男のペニスでもイクじゃないか」

亮一はかろうじて、射精をこらえる。

ぐったりした千鶴を這わせて、尻を引き寄せた。

千鶴はもういやがることとしないで、背中でひとつにくくられた両手を見せて、
シーツに這っている。

長い髪を散らして、顔を横向けて身体を支えている。

「動くなよ。倒れるなよ」

言い聞かせて、亮一は後ろにしゃがみ、尻たぶの狭間を舐めた。

ぬるぬるしている粘膜を舌でなぞりあげると、

「ぁあああ……！」

千鶴が声をあげる。

「気持ちいいか？　言うんだ！」

「……気持ち、いいわ」

「何だ、その言い方は！」

びしっと平手で尻たぶを叩いた。

「あんっ……！」

打たれたところが見る間に赤く染まっていく。

「気持ちいいか？」

「はい……気持ちいいです」

「それでいい。お前の好きなものをもう一度、くれてやる」

亮一はいきりたつものを膣口に埋めこんでいく。今度は、ぬるぬるっと抵抗感なく内部へとすべり込んだ。

ひとつにくくられている手首をつかみ寄せて、ぐいっと奥まで打ち込んだ。

「あはっ……！」

千鶴ががくんとして、細かい痙攣が波のように肌を走る。

「女将のオマ×コは締まりがいい。きっと、ナマチンポの経験が少ないからだろうな。ひたひたとまとわりついてくるぞ。たまらんな」

亮一はぐいっ、ぐいっと打ち据えていく。

「んっ……んっ……ぁああうぅぅぅ」

「気持ちいいか？」

「はい、気持ちいい……」

「よかったな。女に目覚めて……三十九歳で女になったんだ。俺に感謝してほしいよ」

言いながら、尻たぶをかるくぶった。

「あんっ……」

「ふふっ、いい声で鳴くんだな。そのツンデレぶりが気に入ったよ」

つながったまま、尻たぶをつづけざまに平手打ちすると、

「あんっ、あっ、あんっ……ぁああ、許して、もう許して……」

千鶴が訴えてくる。

「まだ許せないな。お前のような悪い女は……そうら、イカせてやる」

亮一は朱色に染まった尻たぶを見ながら、腰を引き寄せて、ぐいぐいと打ち据えていく。

「パン、パン、パン……」

尻と下腹部がぶつかる乾いた音がして、

「あんっ、あんっ、あんっ……」

千鶴が女の喘ぎをこぼす。

「いい声で鳴きやがって……支配人に聞かせてやりたいよ。そうら、イケよ」

ひとつにくくられたその合わせ目をつかんで、引き寄せながら、力強いストロークを叩きつける。

奥のほうの扁桃腺《へんとうせん》のようなふくらみに亀頭部が触れて、ぐっと射精感が高まった。

「そうら、イケよ」

「ああん、あんっ、あんっ、あんっ……ぁあああ、へんよ、へん……また、また、イッちゃう……」

「イケよ。出すぞ。お前のなかに精子をまき散らしてやる」

「ダメ、ダメ、ダメ……ぁあああ、あんっ、あんっ、あんっ……イク、イク、イッちゃう……はうぅぅぅ！」

千鶴が背中を弓なりに反らせながら、がくん、がくんと躍りあがった。

膣のなかが波打って、ぐいと押し込んだとき、亮一も熱い男液をしぶかせていた。

これまで味わったことのない快感の波が背筋を貫き、亮一はがくがくと尻を震わせながら、もたらされる快感に身を任せた。

# 第四章　楽園のひととき

## 1

亮一は、ここでは最高級の露天風呂つきの部屋に移り、その夜、バルコニーにある檜《ひのき》の露天風呂につかっていた。

一昨日、支配人の史朗にその旨を要求すると、

『それは無理です。あの二つの部屋は人気の部屋で数カ月前から予約で埋まっています。今更、変更することはできません』

史朗が言い張った。当然だろう。しかし、亮一は温泉に入るために、わざわざ部屋を出て、移動することが面倒になっていた。

『だったら、支配人の若女将へのDVシーンを流出させますよ。それでも、いいのなら』

そう脅しをかけても、史朗はためらっていた。だから、こう追い討ちをかけた。

『あんたは俺のスマホの映像さえ消せば、どうにかなると思っているんだろうが。それでは無理だぞ。俺のスマホのデータはクラウドに保存されている。たとえ、俺のスマホを壊しても、俺は新しいスマホを買って、クラウドからすべてのデータを手に入れる。そうしたら、同じことだ。残念だが、あの映像はもうなくならない。そのへんはわかっているんだろうな？』

　すると、史朗はこう言った。

『わかりました。あそこの露天風呂が故障したことにして、お客さまには違う部屋に泊まっていただきます。もちろん、半分くらいしかお金はいただけないでしょうが……』

『それでいいよ。あんたもやるじゃないか……さすがに、傾いた旅館を建て直しただけのことはある。じゃあ、頼むよ』

　そう言ったとき、史朗が唇をぎゅっと嚙んで、亮一をにらみつけてきた。

『なんだよ、その目は？　不満なのか』

『いえ、そういうわけではありません』

『じゃあ、頼むよ。いつから移れる？』

『明日はさすがに無理ですから。明後日からということでよろしいでしょうか？』

『いいだろう。頼むよ。行っていいぞ』

史朗は硬い表情で去っていった。

そして今日、亮一はこの最高級の部屋に移った。

仕事の終わった奈緒を呼んで、一緒に露天風呂に入ろうと勧め、先に亮一は温泉につかっている。

少し経って、部屋から奈緒がバルコニーに出てきた。

バルコニーには行灯《あんどん》式の明かりが点《つ》いていて、その明かりが奈緒の色白の裸身を浮かびあがらせる。

一糸まとわぬ姿で、タオルを胸から垂らしている。寒そうに小走りに近づいてきて、洗い場でお湯を汲《く》んで、かけ湯をする。

肩からかけて、さらにもう一杯汲んで、それで股間を洗う。

「もういいよ。早く入りなよ。寒いだろう？」

奈緒は微笑んで、檜風呂をまたいだ。

「前に入っていいよ。俺に凭《もた》れるようにすればいい」

奈緒は言われたように、タオルを湯船の縁に置いて、亮一の前に身体を沈めた。

亮一が足を開いてやると、その間に尻を置いて、後ろに凭れかかってくる。

結いあげられた黒髪から、楚々《そそ》としたうなじが見えた。

後れ毛がやわやわと生えた襟足《えりあし》がとてもセクシーで、あらためて自分はこんな素晴らしい女を恋人にしていることに、無上の悦びを感じた。

「きれいだわ」

奈緒が目の前にひろがる雪景色を眺めて、うっとりと言った。

最上階にあるために、眺望をさまたげるものはなく、雪で真っ白になった山々と満天の星が輝く夜空がひろがっている。

「奈緒さんは、この部屋の露天風呂に入ったことはないんですか」

いまだに、奈緒にだけは丁寧語で話す。

おそらく、自分がこれまでつきあったなかで一番嫌われたくない女性だからだ。奈緒の前では、救世主のやさしい男でありたい。

「……じつはそうなんですよ」

「でも、入ったほうがいいですよ。お客さんに、どこがいいのか説明できる」

「そうですね。確かに……」

「触っていいですか？」

「もちろん……」

亮一は腋の下から手をまわし込んで、乳房をとらえた。

たわわな乳房の感触が伝わり、それだけで、股間のものが力を漲らせてくる。

敏感な乳首には意識的に触れないようにして、ふくらみを揉みしだきながら、訊いた。

「あれから、どうですか？　ゆっくりと休めていますか」

「はい……言われたように内鍵をつけました。それもあって、ぐっすりと眠ることができます」

「それは、よかった。二つの動画は奈緒さんのスマホにもいっていますよね？」

「はい。来ています。心配だから、パソコンのほうにもコピーしてあります」

「よかった。これで俺に何かあっても、それを使えば、奈緒さんは護《まも》られます」

言うと、奈緒が亮一の手をつかんで、言った。

「……何かあるんですか」

「いえ……俺もずっとここにはいられないかもしれないということです」

「あの……亮一さんはなぜ死のうと思ったんですか？　ここに来る前は、どこで何をされていたんですか」

奈緒が横顔を見せて、訊いてくる。

「それは聞かないほうが、奈緒さんのためだと思います」

「……知りたいの。どんどん知りたくなってくる。たんなる好奇心ではありません。その人を好きになったら、知りたくなるのは当然です」

そう言って、奈緒が亮一の手をぎゅっと乳房に押しつけた。

「たとえどんな秘密でも、わたしは絶対に動揺しませんし、それであなたを嫌いになることはありません。絶対に口外しません。もしこのまま何も聞かないで、亮一さんにいなくなられたら、わたし、絶対に後悔すると思います。お願いです。教えてください」

亮一は大いに迷った。

言わないほうがいい。そのほうが奈緒の身のためだ。しかし、もう一度、

「教えてください、お願いです」

そう哀願されたとき、愛情が理性に勝った。

「……じつは、俺は東京で証券会社に勤めていました。そこで株式などの取引をするトレーダーをしていました。個人的にもやっていて、俺はある個人に株の取引で大損させてしまいました。じつは、そのときわかったんですが、彼は反社会的勢力の組の金庫番だったんです。俺は彼らに追われて、命からがら逃げてきました。つ

まり、何らかの形で俺はそのオトシマエをつけないといけないのです」

言ってはいけないことを口に出してしまった。

後悔が押し寄せてきた。

すると、奈緒がこちらを向いて、抱きついてきた。

「ありがとう、言ってくれて……わたしが絶対に亮一さんを護ります。だから、心配しないで、ずっとここにいてください」

「でも、奈緒さんにも危害が及ぶかもしれない」

「亮一さんはわたしをどうしようもないところから、助けてくれた。だから、今度はわたしがあなたを護る番です」

「怖くないのか」

「怖くないです。こういう仕事をしていると、時々、その業界の方がいらして……でも、決して悪い人たちではないです。大浴場には入れないというので、貸切風呂を案内すると、お礼をしてくださいます。わたし、意外と免疫があるんですよ。ご心配なく……」

そう言って、奈緒がキスをしてきた。

奈緒が暴力団をそれほど嫌っていないことがわかって、ほっとした。反面、それは彼らの一面しか見ていないからだと思った。

しかし、奈緒は普通なら、ぶるってしまうような事情を聞かされても、自分を危険人物だとは感じていない。むしろ、護ってくれると言う。

奈緒が芯の強い女性であることがわかって、いっそう情愛が込みあげてきた。

唇を重ねているうちに、股間のものが一気に頭を擡げてくる。

すると、それを感じたのか、奈緒はキスをしながら右手をおろし、お湯のなかで、いきりたつものを握った。

そして、ゆっくりとしごく。擦りながら、情熱的に舌をからめてくる。

(すごい女だ。これ以上の女はいない……!)

キスを終えて、亮一はお湯から出ている乳房にしゃぶりついた。

水滴をしたたらせたピンクに染まった乳房の中心を口に含んだ。なかで舌を横に振ると、

「ぁあああぅぅぅ……」

奈緒は艶かしく喘いで、肉棹をぎゅっと握ってくる。

目の前に、二つの丸々とした乳房が顔を出して、乳首がツンとせりだしている。

そこを舌で弾き、吸う。温かい胸のふくらみを揉みあげながら、しこってきた乳

首を舐め転がす。

それをつづけていると、奈緒の裸身がくねりはじめた。

「ぁああ、あああぁ……幸せです。亮一さん、好きです」

奈緒がまた唇を重ねてくる。

『好きです』と告白されたことに無上の悦びを感じて、亮一は乳房を揉みしだき、中心の突起を転がす。

「んんっ……んんんっ……ぁあああ、欲しい」

奈緒がキスをやめて、顔をのけぞらせた。

2

「いいですよ。入れてください」

言うと、奈緒はお湯のなかでいきりたつものをつかみ、腰を少し浮かして、沼地に擦りつけた。

それから、もう待てないとでも言うように、一気に腰を沈ませてくる。

勃起がお湯よりも熱いと感じる膣に潜り込んでいって、

「はうう……！」

奈緒は上体をのけぞらせながら、亮一の肩をつかんだ。

やや上体を離し、動きやすくして、静かに腰を振りはじめた。

「ぁあああ、あああぁ……気持ちいい……亮一さんとすると、すごく気持ちいい。初めてです。こんなに感じるのは初めて……」

うれしいことを言いながら、お湯のなかで腰を前後に振って、膣肉を擦りつけてくる。

「俺もです。俺もあなたとしていると、すべてを忘れてしまう」

「いいんですよ。すべて忘れてください。わたしがついています」

そう言って、奈緒はます唇を重ねてきた。

キスをしながら、腰を振る。

亮一が腰に手を添えて、助けてやると、奈緒は腰を上下に躍らせて、

「んっ……んっ……ぁあああうぅぅ、すごい！」

唇を離して、肩にしがみついてくる。

両肩に手を置きながら、激しく腰を上下に振って、

「あんっ……あんっ……あんっ……」

と、華やかに喘ぐ。

そのたびに、お湯がちゅぷ、ちゃぷと波打って、湯けむりも揺れる。

温泉につかって、愛しい女とひとつにつながっている。これ以上の愉悦があるとは思えなかった。

細めた目に、真っ白になった雪山の峰と、夜空に浮かぶ満天の星が見える。

視線を落としていくと、顔をのけぞらせて、乳房を揺らしながら、裸身を上下に往復させている奈緒のお湯にコーティングされた裸身が目に飛び込んでくる。

行灯風明かりに浮かびあがったそのピンクがかった乳房に、しゃぶりついた。

温かい。

そして、豊かな弾力に富んでいる。

お湯を付着させた乳肌を揉みしだき、カチンカチンになっている突起をしゃぶった。

柔らかな肉層に顔を埋めるように、乳首に舌を上下左右に走らせて、チューッと吸い込むと、

「ぁあああ……いいんです」

奈緒は顔を後ろにやって、びくん、びくんと震える。

亮一はしゃぶってほしくなって、結合を外し、湯船のコーナーに座った。すると、それだけで何を求められているのか、わかったのだろう。

奈緒はちらりといきりたつものに目をやって、湯船につかったまま肉棹を握って、ゆったりとしごいた。

適度な圧力で包皮ごと擦られると、ふつふつと情欲が湧きあがってくる。

「気持ちいい……。奈緒さんにされると、すべてがどうでもよくなる」

思いを告げると、奈緒は静かに顔を寄せて、裏筋を舐めあげてくる。そうしながら、亮一を見あげている。

その自分の愛撫がもたらす効果を推《お》し量るような目が、たまらなかった。

「気持ちいいよ、すごく」

奈緒は安心したように目を伏せて、皺袋をやわやわとあやしてくれる。右手で睾丸を愛撫しながら、ツーッ、ツーッと裏筋を舐めあげる。

そのまま亀頭冠の真裏をちろちろと集中的に舐めてくる。

「ぁあああ、たまらない」

思わず言うと、奈緒はそこを舐めながら、見あげてくる。

目が合うと、羞《は》じらうように顔を伏せて、唇をひろげ、亀頭冠にかぶせてきた。

先のほうを小刻みに頬張りながら、睾丸をお手玉でもするようにあやしている。

「うおおお……！」

うねりあがる快感に、亮一は唸る。

すると、奈緒は深く頬張ってきた。根元まで唇をすべらせて、すべてを口におさめた。苦しいはずだ。

だが、もっとできるとばかりに、陰毛に唇が接するまで頬張り、ぐふっ、ぐふっと噎せた。

それでも、吐き出そうとはせずに、裏側にねろねろと舌をからませてくる。

亮一はこの女のためなら、何でもしてやるという気持ちになる。

（おおぅ、すごい……）

奈緒がゆっくりと顔を振りはじめた。

窄《すぼ》めた唇で締めつけながら、大きくすべらせる。

時々、チューッと吸う。両頬が大きくへこみ、いかに奈緒が強くバキュームしているかが伝わってくる。

それから、奈緒は浅く咥えて、余っている部分に指をからませた。

「んっ、んっ、んっ……」

亀頭冠を唇で巻きくるめるようにして、素早く動かす。そうしながら、同じリズムで根元を握りしごいてくる。

「ぁあああ、最高だ！」

下を見ると、奈緒は激しく顔を振りながら、一生懸命に指を動かして、茎胴を握りしごいていた。

丸々とした乳房はほぼお湯の外に出て、赤く染まった乳首がツンと頭を擡げている。激しい首振りで、お湯の表面が波立ち、白い湯けむりも揺れている。

遠くに目をやると、真っ白になった山嶺の上に、星たちが煌《きら》めいて、二人を祝福しているように見えた。

目を閉じて、もたらされる快感を味わった。

甘い陶酔感がひろがって、それが極限までふくれあがる。

「ありがとう。奈緒さんとつながりたくなった。こちらに腰を突き出してくれないか？」

言うと、奈緒は怒張を吐き出した。山側を向いて、檜風呂の縁を両手でつかみ、こちらに腰をせりだしてくる。

温められて、ピンクに染まった色白の肌が悩ましい。

豊かな双臀の底の陰毛から水滴が落ちて、女の器官があらわになった。

「寒くなったら、言ってくださいよ」

そう言って、亮一は後ろにしゃがんだ。

左右の尻たぶをつかんで開くと、愛らしいアヌスの窄まりがあらわになって、その下側に女の肉びらがひろがって、濃いピンクの粘膜をのぞかせた。

行灯風明かりに淡く浮かびあがった小菊のようなアヌスを見ていると、ふいに衝動が湧きあがった。

つるっとそこに舌を走らせると、

「あんっ……そこはいけません」

奈緒がぎゅうと尻たぶを窄めた。

「かわいいよ、すごく……」

「いけません。汚いわ」

「汚くないさ。奈緒さんの身体で汚いところなんかひとつもない。俺はどこだって舐められるよ」

「……わたしが恥ずかしいです」

「そんなことはないって……大丈夫。舐めるだけだから」

そう言って、可憐《かれん》な窄まりにもう一度、舌を走らせると、

「あんっ……！」

奈緒がかわいく喘いだ。

いやがっているようには見えない。むしろ、感じたように見える。

尻たぶをひろげて、谷間の窄まりをちろちろ舐めた。

「あっ……いやっ……あんっ、あんっ……」

なぞるたびに、奈緒はびくん、びくんと震える。

亮一は周囲を指で撫でてみた。すると、窄まりがひくひくっと収縮して、中心に指を添えると、それを吸い込むような動きを見せる。

このまま押しつけていれば、先っぽがすべり込んでいきそうだった。しかし、危機感を持ったのだろう、

「いやっ……」

と、奈緒が腰を逃がした。

ふっくらとした肉びらがひろがって、内部の粘膜が顔をのぞかせている。そこは濃いピンクにぬめ光っている。粘膜をぬる、ぬるっと舌でなぞると、

「ぁあああ……ぁあああ、気持ちいい……はうぅぅ」

奈緒がくなっと腰をよじった。

「気持ちいい？」

「はい、気持ちいいです」

「ここに欲しい？」

「はい……欲しい。亮一さんが欲しい」

奈緒が腰をくねらせて、せがんでくる。

これを待っていた。

亮一は立ちあがり、尻の谷間に沿って亀頭部をおろしていき、ぬめりに押しつける。じっくりと腰を入れると、切っ先が熱く滾った粘膜をこじ開けていき、

「ぁあああああ……！」

奈緒が顔をのけぞらせる。

「本当にいい女だ。奈緒さんほどの女はいない」

くびれたウエストをつかみ寄せて、徐々に打ち込みを強くしていく。

浅瀬を素早く擦ると、

「ぁああ、あああ、気持ちいい……蕩けそう。蕩けます」

奈緒がうっとりとして言う。

それでも、浅いところの抽送を繰り返していると、奈緒は自分から腰を後ろに突き出してきた。

亮一は腰の動きをぴたっと止めた。すると奈緒は、

「ぁああ、焦らさないでください」

自分から腰を前後に振って、ストロークをせがんでくる。

亮一は動きに合わせて、腰をつかう。後ろに突き出してきたときに、ズンッと奥まで届かせると、

「あんっ……！」

短く喘いで、上体を反らせる。

「奥がいいんだね？」

「はい……奥を突かれると、響いてきます。何が何だかわからなくなってしまう」

「いいんだよ。わからなくなって……そうなってくれたほうが、俺はうれしい」

亮一は腰をつかみ寄せて、ぐいぐいと深いところに届かせる。すると、奈緒は身悶えをして、

「もう、もうイキそうなんです」

羞恥の声で応える。

「いいんだよ、イッて……雪景色を見ながらイケばいい」

「でも……」

「大丈夫。後で部屋の布団でもう一度、イカせてあげる。何度だって、イッてほしいんだ」

亮一がつづけざまに腰を打ち据えると、パン、パン、パンと破裂音がして、

「あんっ、あんっ、あんっ……ぁあああ、イキます。イッていいですか？」

奈緒がさしせまった様子で訊いてくる。

「いいんだよ。イッてほしい」

亮一がつづけざまにえぐり込んだとき、

「イク、イク、イキます……ぁあああっ！」

奈緒がのけぞりながら、大きく躍りあがった。

亮一は必死に射精をこらえた。奈緒の絶頂がおさまるのを待って、ふたたびストロークをはじめる。

「ぁあああ、もう、もうダメ……許してください……」

「許さない。もっとイケる」

亮一が連続して打ち据えたとき、泣いているような喘ぎを洩らしていた奈緒が、

「ぁあああ、またイクぅ……はっ、はっ……くううん」

小犬が鳴くような声を洩らして、のけぞり、それから、操り人形の糸が切れたように、お湯に座り込んだ。

### 3

数日後、亮一は旅館の仕事を終えた史朗を部屋に呼んだ。

「何でしょうか」

洋服を着た史朗が、不安そうに訊いてくる。

「あんた、女将をどう思う？」

「どうと申しますと？」

「支配人は騙されて、結婚をした。千鶴はじつはレズで、あんたとは結婚後、身体を合わせていない。あんたは、旅館の経営だけ強いられて、千鶴には見向きもされない。俺には、見下されているように見える。そんな千鶴をどう思う？」

史朗は答えずに、ぎゅっと唇を噛んでいる。

「その態度でわかるよ。あんたは千鶴を見返したいと思っている。そうだよな？」

「……ええ」

「どうだ、千鶴とやりたいだろ？　あの高慢な嘘つき女を抱いて、腰が抜けるまでやりまくりたいだろ？　違うか？」

「……そうですね。あいつはいまだに私を拒んでいる。だから……」

「じつは、もう少ししたら、千鶴がこの部屋に来ることになっている。平井亜弥も呼んでいる。俺と支配人で二人を腰が抜けるまで、やりまくらないか」

「えっ……？」

史朗がびっくりしたように目を剝いた。

「しかし、千鶴はレズで、男には不感症ですよ」

「それは、そう演技をしているだけだ。あんたには悪いが、この前、千鶴を抱かせてもらった。二人のレズシーンを撮ったビデオで脅してな。そうしたら、千鶴はちゃんと感じたぞ。俺のここで、きちんとイッたんだ。本当は両方イケるんだよ。あんたは騙されている。女将はあんたに抱かれたくないから、そういうフリをしている」

「本当ですか」

「ああ、事実だ。クリでイッて、その後、ペニスでも派手にイッた。演技じゃないぞ。あんなときに演技をしてもしょうがないからな。だから、騙されていると言っているんだ。ナメられているんだよ。あんな女にナメられたままでは、あんただって男としていやだろ？　千鶴を抱いて、イカせたいだろ？　どうなんだ？」

「……それはそうです」

「じゃあ、決まりだ。今夜は二人で組んで、女将をイカせる」

「じゃあ、なぜ亜弥を呼んだんですか」

史朗が当然抱くだろう疑問を口にした。

「それは、まずレズらせて、千鶴を高まらせたいんだ。その後で、千鶴を抱く。それに、俺たちは二人だからな。女も二人いたほうがいいだろう？　あんたは、平井亜弥をどう思う？」

「かわいいし、有能な仲居だと思いますが……」

「抱きたくないか？」

「……支配人という立場があります」

「あんたは情けないほどのお人好しだな。亜弥はあんたに隠れて、あんたの奥さんと密通していたんだぞ。ナメられているんだよ。違うか？」

「……そうかもしれません」

「まあ、いい。そのときになって、やりたくなったら、すればいい」

「わかりました」

「ああ、それから、この報酬ってわけじゃないが、俺をこの旅館の経営に参加させてくれないか？」

「でも、素人さんのできる仕事ではありません」

「いや、俺が言っているのは、この旅館の資金運用だ。蓄えはあるんだろ？」

「多くはないですが、それはまあ……」

「だから、その余っているお金を俺に預けろと言っているんだ。俺が資金運用で増やしてやるよ」

「でも、それこそ素人が株に手を出したら、大火傷《おおやけど》をしますよ」

「俺は素人じゃないんだ」

「えっ、どういうことですか？」

「そういうことだ。素人じゃない。実績もある。だから、俺に任せろと言っている」

「……考えさせてください」

「わかった。後で、ここの旅館の経営状態を教えてくれ。いいな？」

史朗はためらっているが、すぐにこの提案を受け入れるだろう。あのビデオを公開すると脅せば、逆らえないはずだ。

亮一も暇を持て余していた。そろそろ、トレーダーとしての血が騒いでいた。この資金運用で取引できれば、時間も潰れるし、亮一の地位もあがる。

そうしたら、奈緒にもっとリスペクトされるだろう。

二人は布団を二組敷き、浴衣姿になって、待った。

しばらくして、ノックが聞こえ、ドアを開けると、二人が立っていた。

千鶴は女将の和服を、亜弥も仲居の制服である鶯色《うぐいすいろ》のシンプルな和服を身につけている。その格好で来るように、命じておいたのだ。

二人は亮一の命令には絶対的に従うしかないのだ。

「あなた、どうして？」

入ってきた千鶴が、史朗を見て、ぎょっとしたような顔をした。

亮一は説明してやった。

「我々は仲間になった。支配人は女将に騙されて、結婚した。その後も、女将に騙されつづけた。だから、女将を憎んでいる。今夜は女将を抱きたいそうだ。そうですよね、支配人？」

「……ああ」

「そういうことだから、まずは二人とも着物を脱いで、長襦袢《ながじゅばん》姿になってもらおうか」

「……いやです。これ以上、わたしたちを辱《はずかし》めるのなら、警察に訴えます。それでいいのね？」

「どうぞ、ご自由に。証拠はないんだ……揉めているうちに、二人のレズビデオをＳＮＳに流す。すごい反響だろうな。たちまち拡散するぞ。それでも、いいんだな？」

警察に訴えられるのは、追われている立場上マズい。しかし、この脅しで千鶴は屈伏するだろう。

「いいんだな？」

「わかったわ。着物を脱げばいいのね」

案の定、千鶴は簡単に屈した。人は地位があるほど、醜聞に弱いものだ。それに、愛する亜弥を大勢の前にさらしものにしたくないという気持ちもあるだろう。

「そうだ……亜弥もな」

二人は背中を向けて、帯を解き、着物を脱いだ。

その艶やかさに、くらっときた。

千鶴は真っ赤な緋《ひ》襦袢を着て、亜弥は白い長襦袢をつけている。その紅白の対比が眩《まぶ》しい。

「こっちに来い。ここで二人でレズれ」

「……いやよ。見せるものじゃないわ」

千鶴が突っぱねる。

「わかった。それなら、この映像をＳＮＳに流す」

亮一はスマホを操作して、二人のレズシーンの動画を再生させる。それを二人の前に突きつけると、

「わかった。やればいいんでしょ？　お願いだから、もうそれは流さないで」

千鶴が悔しそうに唇を噛んだ。

「そうだ。やればいいんだよ」

「あなたたち、絶対に許さないわよ」

千鶴は亮一と史朗をにらみつけた。それから、

「ゴメンね、亜弥。言うことを聞いて。今夜だけだから。後はわたしが何とかするから」

そう亜弥にやさしく説いた。

（どうせ、強がりだろう……しかし、千鶴はどうにかしないとな……）

この旅館で自分に立ち向かってくる者がいるとすれば、千鶴だろう。千鶴の動向には注意する必要がある。

その間にも、亜弥が布団に寝て、千鶴が耳元で何か囁《ささや》いた。

それから、千鶴は仰臥した亜弥に覆いかぶさるようにキスをする。

唇を重ねながら、千鶴は亜弥の胸のふくらみを揉みはじめた。白い長襦袢の上からふくらみを揉みながら、キスをつづける。

すると、亜弥の下腹部がゆっくりと持ちあがった。足を開いて、ぐぐっ、ぐぐっと腰をせりあげる。

（亜弥はマゾだからな。見られていると、かえって昂揚するんだろう）

そして、亜弥が昂《たかぶ》れば、千鶴も気持ちが高まる。

千鶴はますます情熱的にキスをしながら、右手をおろしていき、長襦袢の前身頃《まえみごろ》を左右にまくりあげた。

亜弥は命じたとおりに、下着をつけていなかった。

色白の太腿とその奥の漆黒の翳りがあらわになり、そこを千鶴の指が覆った。

なぞりはじめると、

「んんんっ、んんんんんっ……！」

亜弥はキスしながら、くぐもった声を洩らし、もっと強く触ってとばかりに、下腹部を持ちあげて、擦りつける。

見ているだけで昂奮した。覆いかぶさっている長襦袢の赤と、下になった白い長襦袢が妖しい世界を作っている。

しばらくすると、千鶴も完全に二人の世界へと入ってしまったのだろう。キスをやめ、腰紐を外して、白い長襦袢を脱がせた。

白い長襦袢をシーツ代わりに敷いて、仰臥する亜弥は白足袋を穿いているだけで、小柄だが乳房のたわわな裸身をさらしながら、早く欲しいとばかりに、太腿をよじり合わせている。

千鶴が赤い長襦袢の腕を抜き、もろ肌を脱ぐ。

赤い長襦袢を腰から下に垂らして、白絹のような上半身の肌をあらわにした千鶴は、息を呑むほどに官能的だった。とくに、真っ白な乳房はたわわでありながら、格好よく持ちあがり、頂上より少し上にセピア色の乳首がそそりたっていた。

千鶴は亜弥に覆いかぶさるようにして、乳房を亜弥の口許に押しつける。

すると、亜弥は乳房をつかみながら、頂上にキスをした。

ちゅっ、ちゅっとついばむように窄めた唇を押しつけ、吸うと、

「ぁああ……いい。気持ちいい……」

千鶴がうっとりと顔をのけぞらせる。

亜弥は尖ってきた乳首を舐め転がし、吸う。それを繰り返しながら、両手で千鶴の腰をつかみ、撫でさすった。

緋襦袢ごと尻を撫でまわすと、千鶴がもどかしそうに腰をくねらせる。

亜弥が緋襦袢をまくりあげたので、真っ白なヒップがこぼれでた。

千鶴の尻は肉感的に発達し、それを後ろから見ている亮一には、ハート形に充実した尻たぶとセピア色のアヌス、そして、その下で濡れて開いている女の肉花が見える。

そして、あらわになった尻を、亜弥は撫でまわし、時々、ぎゅっとつかむ。

「亜弥、いつからそんなにエッチになったの？　でも、いいわよ。好きなようにしていいのよ」

そう言って、千鶴はしなやかな裸身をのけぞらせる。

亮一はこの前と違うと感じた。

もしかして、亜弥の本性が出てきたのかもしれない。自分と同じように、千鶴にも感じてほしいのだろう。あるいは、見られていることで昂っているのかもしれない。

亜弥の右手が尻たぶの底におりていき、花肉をいじりはじめた。

亜弥は千鶴の乳房を吸いながら、千鶴の花園を縦になぞる。

「ぁああ、そんなことしちゃ、ダメっ……ぁああ、あうぅぅ」

女そのものの喘ぎを洩らして、千鶴は腰を振って、恥肉を擦りつける。

それを見ているうちに、亮一のイチモツはそそりたった。

史朗に耳打ちした。

「スマホを持っているだろう?」

史朗がこっくりうなずく。

「今から起こることを動画で撮影しておくんだ。それを持っていれば、あんたも千鶴にナメられることはない。あんたが上に立てる」

耳元で囁くと、史朗はうなずいて、スマホを取り出した。そして、こっそりと撮影をはじめる。

それを見て、亮一はブリーフを脱いで、浴衣を端折《はしょ》って、千鶴の背後にまわった。

千鶴はまだ気づいていない。

静かに後ろにまわって、千鶴の腰をつかみ寄せる。ハッとして逃げようとする腰を持ちあげておいて、いきりたつものを濡れそぼっている膣口に一気に打ち込んだ。

「あっ、やめて……ぁああああ……！」

千鶴が背中を反らせた。

必死に結合を外そうとする千鶴の腰をがっちりと両側から抱え込んで、つづけざまに打ち据える。

「あんっ、あんっ、あっ……いや、いや……」

「このままだ。自分から外したら、あの動画を流す。それがいやなら、このまま受け入れていろ。亜弥、お前も同じだ。あのビデオを流出されたくなかったら、このまま女将の乳を舐めろ。やれ！」

ためらっていた亜弥が、おずおずと舌をつかいはじめた。

目の前の乳房を揉みながら、先端を舌でれろれろと転がし、吸いつく。もう片方の乳房もつかんで揉みしだく。

「いいんだぞ、それで。亜弥はいい子だ。本当にいい子だ。そうしろと言われて、いやとは言えないんだよな。わかっている。亜弥はいい子だからな」

亜弥に乳首を愛撫されれば、千鶴も反応する。そう身体が反応するようにできているのだ。

千鶴の身体から抗う力が抜けていき、亜弥に乳首を舐められるたびに、

「あっ……あっ……」

千鶴はびくん、びくんと震える。そして、膣肉も亮一のイチモツを締めつけてくる。

亮一は奥まで届かせておいて、いきなり抽送をやめる。

しばらくすると、千鶴の腰が前後に揺れて、自ら屹立を深いところに招き入れる。

「……自分から腰をつかいやがった。支配人、見ているか？　これが女将の正体だ。憎んでいる男に後ろから嵌められて、自分から腰を振る。そういう女なんだよ」

史朗はうなずきながら、スマホの撮影をつづけている。

亮一は自分からも動いて、浅瀬を短いストロークで擦りあげる。

「ぁあああ、ああああ……」

千鶴がもっと深いところにちょうだいとばかりに、腰を突き出してきた。

亮一は腰をつかみ寄せて、徐々に強いストロークにしていく。ずりゅっ、ずりゅっとイチモツを奥までめり込ませると、

「ぁあああ、いい！　いいの、奥がいいの……あんっ、あん、あんっ」

すでに理性が壊れたのだろう、千鶴はあからさまなことを言って、ぐいぐいと自分から腰を突き出してくる。

亮一はスパートする。

自分は射精しないように加減をしながらも、屹立を奥へと打ち込み、素早く引く。今度は、ゆっくりと少しずつ打ち込んでいく。

「ぁあああうぅ……！」

千鶴が喘ぎ、

「ゆっくりと押し込まれると、気持ちいいんだな？」

亮一が問うと、千鶴はこくこくとうなずく。

「これはどうだ？」

亮一はサイドから右手を伸ばして、クリトリスを攻める。

勃起が入り込んでいる結合地点から陰核をさがし、それを外へと引っ張りだすようにして、突起を捏ねた。

もともとクリトリスが強い性感帯である千鶴は、乳首を愛しい女にしゃぶられ、後ろから男のペニスを嵌められ、敏感な陰核をくりくりと転がされて、

「ぁああ、いやよ、いや……やめて！」

激しく首を左右に振る。

「本当にやめていいんだな？」

亮一が屹立を引き抜こうとすると、

「やめないで！　ちょうだい。ちょうだい……」

「どうして、やめてと言ったんだ？」

「それは……イキそうなの。わたし、もうイキそうなの……」

「イケばいいじゃないか」

「……恥ずかしくて、イケない」

「もう恥ずかしがる必要なんてないんだ。ここまで来たんだ。もう取り繕ってもダメなんだよ。自分に素直になれよ」

そう説いて、亮一はスパートした。

腰を引き寄せて、思い切り連続して叩き込むと、

「あんっ、あんっ、あんっ……ぁあああ、イク、イク、イキます！」

千鶴が逼迫《ひっぱく》した声を放った。

「イケよ、そうら、イケ！」

連続して叩き込んだとき、

「イク、イク、イキます……やぁあああぁぁぁ、くっ！」

千鶴は嬌声を放ち、のけぞりながら、がく、がくんと躍りあがった。

4

崩れ落ちそうになる千鶴の腰をがっちりと支えておいて、言った。

「支配人、いいぞ。千鶴にあんたのチンコを咥えさせてやれ！　やりたいんだろ？　今しかないぞ。大丈夫だ。千鶴はあんたに逆らえない」

ためらっていた史朗が、スマホを持ったまま、近づいてくる。

史朗がスマホを自分に向けているのを知って、

「何をしているの！」

千鶴が顔を隠した。

すると、史朗が豹変《ひょうへん》した。

「今のシーンをすべて撮らせてもらった。これは俺のスマホだ。このスマホには千鶴がお客にやられて、気をやる姿が映っている。SNSで流してやろうか？　これがある限り、お前は俺に逆らえない。いいから、咥えろ！」

史朗がスマホを置いて、浴衣を端折った。

史朗の肉柱がすごい角度でギンとそそりたっている。それを見て、千鶴がハッとしたように目を見開いた。

千鶴が目にしてきた史朗のペニスとは勃起具合が違うのだろう。

「ほら、咥えろ」

千鶴がいやいやをするように首を振る。

「状況は変わったんだ。冷静に考えればわかるだろう？　俺は藤巻さんと組んでいる。もう、お前は俺に逆らえないんだ。いいから、しゃぶれ」

そう言って、史朗が千鶴の鼻をつまんだ。

千鶴が苦しくなって、口を開いたその瞬間に、史朗が勃起を押し込んだ。

「歯を立てるなよ。そのときは、お前を旅館から追い出すからな。わかっているだろうが、お前より奈緒のほうが断然人気がある。奈緒がいれば、ここは安泰だ。千鶴がいなくなって、奈緒が女将になれば、やっていけるんだよ」

史朗が腰を振りはじめた。

おぞましいほどの勃起が、千鶴の口をずりゅっ、ずりゅっと犯して、千鶴は苦しそうに呻く。

しかし、観念したのだろう、自分から吐き出すようなことはしない。

「自分からしゃぶれよ。大好きなペニスだろ？　派手にイキやがって。自分からしゃぶれよ！」

史朗が怖い顔で言って、千鶴もゆっくりと自分から顔を振りはじめた。

四つん這いで、後ろから屹立を打ち込まれながら、もう一本の肉棹を自ら頬張っている。

いつもは凛《りん》としている女将だけに、その屈伏した姿が男心を駆り立てる。

千鶴はゆっくりと顔を振って、唇を肉棹にすべらせている。

そして、亜弥はいまだに千鶴の乳首をしゃぶっている。

亮一もスローピッチで腰をつかった。

ずりゅっ、ずりゅっとイチモツをめり込ませていくと、

「んんっ……んんんんっ……」

千鶴はくぐもった声を洩らしながらも、史朗の勃起を頬張りつづける。

サディスティックな気持ちになって、亮一は徐々にストロークの振幅を大きく、ピッチもあげていく。

「そうら、咥えたままだぞ」

亮一は思い切り叩きつける。

分身が深いところに嵌まり込んでいき、激しく奥を打ち、

「んっ、んっ、んっ……うぐぐっ！」

千鶴が逼迫した声を放った。

「イキそうか？　イクんだな」

千鶴がうなずいた。

「イケよ。咥えたままだぞ。そうら、イケぇ！」

亮一がたてつづけに打ち据えたとき、

「んんんんっ、んんんんっ……うぐっ！」

千鶴は怒張を頰張ったまま、がくん、がくんと肢体を躍らせた。

「いいぞ。支配人、女将のオマ×コを犯してやれ」

史朗がうなずいた。

亮一は結合を外し、亜弥も下から出させる。

息を弾ませている亜弥を隣の布団に座らせ、自分はその後ろに腰をおろして、亜弥の汗ばんだ乳房を後ろから揉みしだく。

一メートルほど離れた布団の上で、史朗がぐったりした千鶴を布団に仰向けにさ

せて、膝をすくいあげた。

焦っているのだろう、勃起を押し込もうとして、的を外した。

今度は慎重にあてがい、じっくりと進めていく。怒張が千鶴の体内に半ば消えていき、

「ぁあああうぅぅっ……！」

千鶴は低く獣染みた声を洩らして、顔をのけぞらせた。

史朗は曲げた膝を上から押さえつけるようにして、さかん腰を振る。

千鶴がいっこうに反応しないのを見て、両足を肩にかけて、ぐっと前に屈んだ。ぐいぐい打ち込んでいる。

するとと、ようやく千鶴に変化が現れた。

「うっ、うっ、うっ……」

苦しげに呻いていたが、やがて、

「あんっ……あんっ……あんっ」

喘ぎ声をスタッカートさせて、史朗のシーツに突いた腕をぎゅっと握る。しがみつきながら、仄白い喉元をさらしては、

「あっ……あんっ、あんっ……」

女そのものの声をあげる。

史朗は同じ体勢で千鶴の足を肩にかけて、力強く打ち込んでいく。

「ぁあああ、ああああああ……苦しい。あなた、やさしくして」

千鶴が千鶴らしくないことを言った。

史朗も何か感じるものがあったのだろう、足を放して、覆いかぶさっていく。

上からじっと千鶴を見て、キスをした。千鶴は当然拒むだろうと思っていたが、受け入れて、キスを受け入れ、自分でも史朗を抱きしめている。

(どういうことだ?)

疑問を感じた。だが、結婚して長い間一緒にいたのだ。夫婦にしかわからない情というものがあるのだろう。

キスを終えて、史朗は乳房を愛撫しはじめた。

たわわな乳房を揉みしだき、乳首にキスをする。それから、舌で転がしたり、吸ったりする。

「ぁあああ、あああ……あなた、気持ちいいわ。気持ちいいのよ」

そう言って、千鶴は身悶えをする。

それを見ていた亮一のものは勃起して、亜弥の腰を突いた。

すると、それを感じたのだろう、亜弥が手をまわし、後ろ手に肉棹を握って、しごいてきた。

「どうした？　あれを見て、亜弥も昂奮してきたか」

耳元で訊くと、亜弥はうなずいた。

史朗は左手で乳房を揉み、乳首を捏ねる。そうしながら、大股開きさせた太腿の奥を右手でまさぐる。

柔らかな翳りの底はもうぐっしょり濡れていて、恥肉の狭間を指でなぞると、ぬるっ、ぬるっとすべって、

「ぁああ、くっ……くっ……」

亜弥はのけぞって、もっとしてとばかりに恥肉を擦りつけてくる。

中指を折り曲げて力を込めると、ぬるぬるっと膣肉にすべり込んでいって、

「はうぅぅ……！」

亜弥が低く呻いた。

なかはとろとろで、潤みきった粘膜が指にまとわりついてくる。

中指で内部を攪拌《かくはん》すると、

「チャッ、チャッ、チャッ……！」

恥ずかしい粘着音が響いて、亜弥が顔をのけぞらせる。

「見ろ。お前のご主人さまはどうしている？　旦那を気持ち良さそうに抱きしめて、よがっているじゃないか？　残念だったな」

耳元で囁くと、亜弥がいやいやをするように首を振る。

「見ていられないか？」

「はい……」

「じゃあ、こっちもやろうか？　まずは、しゃぶってもらおうか？　さっきまでお姐さまのオマ×コに入っていたチンコだ。うれしいだろう？」

亮一は足を開いて、隣の布団を見る角度で後ろに手を突いて、座った。

向き直った亜弥が、這うようにして、いきりたつものに顔を寄せてきた。

そそりたつ肉柱を睾丸のほうから、舌でなぞりあげる。何度も何度も裏筋を舐めあげる。

「どうだ？　お姐さまの味がするだろ？」

「はい……美味しいです」

かわいらしい顔でちらりと見あげて微笑み、また顔を伏せる。

今度は上から頬張ってきた。

唇をかぶせて、一気に根元まですべらせ、そこから、大きくスライドさせる。両手を亮一の太腿に添えて、バランスを取りながら、ゆっくりと顔を振る。

「おお、上手いぞ。さすがだな。亜弥はこんなかわいいのに、セックスは抜群に上手い。天性のものなんだろうな。いい女だよ、亜弥は」

髪を撫でると、亜弥は上目づかいに見て、はにかんだ。

それから、顔を伏せて、さっき以上に激しく、大きく怒張を唇でしごいてくる。

いったん吐き出して、亀頭部にちゅっ、ちゅっとキスをした。

亀頭冠の周囲をぐるっと舐める。

それから、また頬張って、今度は先っぽのほうを攻めてきた。

カリの出っ張りに唇を引っかけるようにして、小刻みに摩擦してくる。

ジーンとした快感がひろがってきた、

「おおぅ、いいぞ。そこだ。そこをもっと……」

「んっ、んっ、んっ」

つづけざまに往復されると、射精しそうになり、あわてて顔を押さえて、やめさせる。

すると、亜弥はどうしたの？　という顔で見あげてきた。

「上手すぎて、出しそうになった。もう、いい。ここに寝ろ」

亜弥がちゅるっと吐き出して、布団に仰臥した。

亮一は膝をすくいあげて、猛りたつものを押し込んでいく。

勃起がとろとろの体内に潜り込んでいって、

「ぁあああっ……！」

亜弥が両手を万歳の形に開いて、顎をせりあげる。

膝を放して、巨乳をつかんだ。グレープフルーツをくっつけたような丸々とした胸のふくらみを鷲づかみにして、揉み込んだ。

それがいいのか、亜弥は喘ぎながら、自ら腰を振って、屹立を深いところへ導き入れようとする。

「よし、自分で胸を揉んで、クリちゃんを触ってごらん」

指示をすると、亜弥は言われたように乳房を揉みしだき、結合部分のクリトリスを指先でくるくると捏ねる。

「ぁああ、あああ……いいの。イッちゃう……イキそうです」

「いいんだぞ、イッて。そうら……」

亮一は上体を立てて、ふたたびストロークを開始する。

徐々に激しく打ち込んでいくと、亜弥の様子が逼迫してきた。

「ぁあああ、ああああ……イキます。イク、イク、イッちゃう……はぁ！」

亜弥がのけぞって、震える。同時に、膣も収縮して、亮一の勃起を悦ばせる。そのとき、

「あんっ、あんっ、あんっ……ぁあああ！」

千鶴の喘ぎ声が一段と大きく響いた。

見ると、千鶴は史朗の上に馬乗りになって、腰を振っていた。

(ほお、千鶴もこういう体位をするのか……！)

千鶴は向かい合う形で膝を立てて開き、緋襦袢のまとわりつく腰を激しく前後に揺すっている。

すでに黒髪は解かれて、長い髪が肩や背中、乳房へと垂れかかっていた。

そして、緋襦袢がまくれて、むっちりとした太腿や形のいいふくら脛が見えるいまだ白足袋を穿いていて、その白さが昂奮を呼ぶ。

「ぁああ、いいの……あんっ、あんっ、あんっ……」

千鶴の腰が上下に動きはじめた。

あの高慢な千鶴が今は女の欲望丸出しで、あれだけ嫌っていた夫の上で腰を縦に

振っている。

「亜弥、お前も女将と同じことをしろ。上になって、腰を振れ」

亜弥に命じて、自分は布団に仰向けに寝る。

するると、亜弥は千鶴の様子をじっと見て、またがってきた。亜弥はすでに長襦袢を脱いでいるが、白足袋だけは穿いている。

いまだ元気にそそりたっているものを、翳りの底に導いて、沈み込んできた。

切っ先がぬるぬるっと嵌まり込んでいって、

「ぁあああぁぅぅぅ……！」

千鶴と張り合うような喘ぎ声を洩らし、上半身を一直線に伸ばした。

それから、かくかくっと震え、それがおさまると、膝を立てて足を開いた。

千鶴がしているのと同じように腰を上下に振りはじめた。

屹立が奥まで入り込むと、

「あんっ……！」

と、愛らしい声を洩らし、眉根を寄せる。

「千鶴は体位を変えたぞ。亜弥も真似ろ」

亮一は隣を見て言う。

隣の布団では、千鶴が後ろに両手を突き、足を大きく開いて、腰を前後に打ち振っている。

横を向いて、千鶴の体位を見た亜弥は、同じように両手を後ろに突いて、のけぞるように腰を前後に揺する。

すると、亮一の勃起を亜弥の窮屈な肉路が締めつけながら、揉み抜いてくる。

その肉体的な快感以上に、レズであった二人が男の上で、女の欲望をあらわに腰を振っているその状態に満足感があった。

二人をこうさせたのは自分なのだ。

(失敗をしでかして、追われる身だが、この旅館では俺に逆らえる者はいない。従うしかないのだ。俺はここのキングだ)

亮一は、同じように腰を振っている千鶴と亜弥を見て、湧きあがってくる歓喜に酔った。そのとき、

「千鶴、もういい。這えよ」

史朗が言って、千鶴は上からおり、命じられたように布団に四つん這いになった。

背後にまわった史朗が、後ろから千鶴を貫いた。

「はうぅぅ……！」

千鶴が喘いで、背中をしならせる。

史朗が腰をつかみ寄せて、バックから屹立を叩き込み、

「んっ……んっ……ぁあああ、いいのよ」

千鶴が心から感じているという声を放つ。

それを見て、亮一の脳裏にはこれだというアイデアが浮かんだ。

「亜弥、お前も這えよ。同じことをする……早く!」

指示をすると、亜弥は自ら結合を外した。一メートルほど離れているところで、バックから貫かれている千鶴を見て、自分もこちらの布団に四つん這いになる。

「自分で尻を開け」

命じると、亜弥は顔を傾けて体重を支えて、両手を後ろにまわし、左右の尻たぶをぐいとひろげる。

かわいらしいアヌスの窄まりとその下の肉の貝があらわになり、ピンクの貝は口を開けている。

屹立を導いて打ち込むと、とても窮屈なところを押し広げていって、

「ぁあうぅぅ……!」

亜弥がくぐもった声を放つ。

「そのままだぞ。尻をひろげていろよ」

亮一は細いウエストをつかみ寄せて、ぐいぐいとえぐり込む。

「ぁあああ、あんっ、あんっ、あんっ……気持ちいい。気持ちいい……」

亜弥が素直に快感を現す。

「千鶴、お前もああやって尻を開け」

史朗が言って、千鶴は亜弥の格好を見て、同じように両手で尻たぶを左右にひろげた。

「亜弥を見るんだ」

史朗が強い調子で言って、千鶴はおずおずとこちら側を見る。

亜弥もそちらを見ているから、二人はお互いに見つめ合う形である。

「ぁあああ、お姐さま……あんっ、あんっ、あんっ……」

亜弥が喘いで、

「亜弥、好きよ。何をされても、わたしはあなたを愛しているわ……ぁああ、いやっ……くっ、くっ……ぁああ、あんっ、あんっ、あんっ……」

千鶴もこらえきれなくなったのか、同じように甲高く喘いだ。

二人の喘ぎが交錯して、旅館での最上級の部屋に響く。

亮一はさっき頭に浮かんだ試みを徐行することにした。

「支配人、相手を変えようか」

「えっ……いやです。千鶴はもう私のものです」

「いいから、やれ。あんたも俺に弱みを握られていることを忘れるなよ。あんただって、亜弥としたいだろ？　あんたはこいつにずっと騙されていたんだぞ。亜弥に腹は立たないのか？　だったら、無理にとは言わない。どうする？」

「……やります」

亮一は結合を外して、千鶴の後ろにまわった。

史朗も屹立を抜いて、隣の布団に向かい、亜弥の腰をつかみ寄せる。

目がらんらんと輝いている。おそらく、史朗も亜弥に対する憎しみと、いい女を犯すことの悦びで満ちあふれているのだろう。

「尻は開いたままだぞ」

そう言って、ギンとしたイチモツを亜弥に埋めこんでいき、

「ぁああ……！」

亜弥が掠れた声を放つ。

それを見て、亮一も千鶴の尻たぶの底に狙いをつけた。命じられたように、今も

両手で尻たぶを開いている。緋襦袢がまくれあがって、真っ白な尻が桜色に染まっていた。

恥肉のびらびらはすでに蜜で妖しいほどにぬめ光っている。一気に貫くと、

「はうぅぅ……！」

千鶴は凄艶《せいえん》に喘いた。

「ねっとりとからみついてきて、千鶴のオマ×コは最高だよ。そうら、イカせてやる。亭主の前でイケよ。何度もな」

亮一は腰をつかみ寄せて、ぐいぐいと打ち込んでいく。

「んっ、んっ……ぁああ、いいのよぉ。あんっ、あんっ、あんっ」

千鶴がまるで亭主に聞かせようとしているかのように、喘ぎ声をスタッカートさせる。

「あんっ、あんん、あんっ……！」

亜弥も千鶴に対抗するかのように、甲高く喘ぐ。

二人とも自分で尻たぶをひろげ、お互いを見る形で顔を横にしながらも、競い合うように喘いでいる。

史朗はこれまでの恨みを晴らすように、強烈に打ち据えて、

「あんっ、あんっ、あんっ……ぁあああ、イキます」

亜弥が切羽詰まった声で喘いだ。

それを聞いて、亮一もスパートした。千鶴の腰をつかみ寄せて、猛烈に叩き込んだとき、

「ぁあんっ、あんっ、あんっ……あああ、イクわ。イキそう……」

千鶴がぶるぶると尻や太腿を震わせた。

「イケよ。そうら、亭主の前でイケよ！」

ぐい、ぐい、ぐいっと奥までえぐりたてたとき、

「イク、イク、イキます……いやぁあああああぁぁぁ、はうっ！」

千鶴がのけぞりながら、躍りあがり、その直後に、亜弥も絶頂の声を放って、前に崩れ落ちた。

# 第五章　逃亡の果てに

## 1

その日、秋元千鶴は和服姿で、東京で開かれる全国旅館協会の会合に出ていた。

これまでは、夫の史朗が毎回この総会には出席していた。

史朗に代わって、千鶴が東京に出てきたのには、明確な理由がある。

あの悪魔のような男、藤巻亮一の素性を明かすためだ。たんなる素性なら、だいたいわかっている。

十日ほど前に、史朗が真剣な顔で、パソコンで何かを調べているところを見て、後ろからそっと覗き込んだ。

そこには、誰かのSNSの画面が表示されており、それは自分を苦しめている藤巻亮一のアカウントであることを知った。

『それ、藤巻さんのよね？』

背後から言うと、千鶴に気づいていなかったのだろう。史朗がハッとしたように、画面を隠した。

誤魔化そうとする史朗に、強い調子で言った。

『見せなさいよ。隠しても無駄だから』

すると、史朗が諦《あきら》めたように画面を見せた。

史朗が藤巻に丸め込まれていることがわかり、まず、夫を何とかして味方に引き入れないと、形勢逆転はできないと思い、それから、閨《ねや》の床では毎晩のように、史朗に抱かれた。皮肉なことに、千鶴はあの男に凌辱されて、自分が女としても感じることができることを発見していた。

史朗はあのおぞましい4Pで、自分を抱いたときのことが忘れられないのか、誘いに乗って、何度も射精した。

その後、史朗はいまだ藤巻の味方を装っているが、内心はむしろ藤巻を邪魔者に感じているようだった。

そう考えるようになったのは、藤巻が最近、旅館の金を使って、投資をはじめたことも大きな要因になっている。

そのことで、夫は藤巻を疎《うと》ましく思い、いっそう危険分子として見るようになったのだろう。

おそらくそれもあって、藤巻の身上調査をはじめたのだ。

『彼の名前で検索してみた。すると、これが出てきた。彼はＳＮＳのアカウントを削除したようだ。しかし、検索エンジンに残った一時保存の履歴データ、つまりキャッシュが完全に消えるのには、時間がかかる。その残っていたのが、これだ……読めば、わかる。藤巻さんはＦ証券のトレーダーだった』

そう史朗に言われたとき、藤巻ならトレーダーはあり得ると感じた。

『だから、うちの資金を使って、今、投資をしているんだ。株の売買をやっている。これを読む限り、かなりの有能なトレーダーだったらしいぞ。それが、うちに来た前日に、いきなり削除されている。何かあったんだ』

『何かというと？』

『わからない』

『奈緒が、藤巻は雪道で行き倒れしていて、死にたいと言っていたと……』

『もしかして、投資に大失敗したか、法に触れることをして、Ｆ証券を辞めて、ここに来たのかもしれない……』

『逃げてきたってことかしら？』

『……今の状況を見ると、それはあり得るな』

二人でその話をしたとき、千鶴は十日後に、東京で全国旅館協会の総会があることを思い出して、史朗の代わりに出席した。

今は、総会の後のパーティで、幹部の男たちが次から次に鼻の下を長くして、近づいてくるが、千鶴はそれを丁寧にあしらう。

明日は藤巻が勤めていたF証券に出かけていって、藤巻のことを調査するつもりだ。もし彼が何らかの問題を起こして、辞めたのだとしたら、自分の宿に彼が長期滞在していることを告げれば、部外者の自分にも何か教えてくれるかもしれない。

せっかくの機会だ。徹底的に藤巻という男の正体をさぐるつもりだ。

何か弱みを握ることができたら、旅館を支配しようとしている藤巻を、追い出すことができる。

全国旅館協会会長の鵜飼《うかい》が話しかけてきて、これから二次会の料亭に行くけれども、一緒に来ないかと誘われた。

でっぷりとして貫禄はあるが、八十歳近い会長だ。どうせ何もできないだろう。危険はない。それに、現会長と親しくなることは、今後、何かあったときに有利になる。そう考えて、千鶴は了承した。

案内された料亭は今後のうちのおもてなしに役立ちそうなほどに、仲居の態度が素晴らしかった。しかし、呼ばれたのは自分ひとりで、しかも、料理をふるまう部屋の奥、襖ひとつ隔てたところには赤い布団が敷いてあった。

鵜飼はすぐに襖を閉めたが、この部屋を選んだことで、会長の思惑を理解した。

だが、こういうときのあしらいには慣れている。

千鶴は豪勢な料理を口に運びながら、日本酒を呑み、そして、お酌をした。

そうするうちに、二人の間は急速に縮まり、千鶴はふと頭に浮かんだことを口にした。

「会長はF証券をご存じですか」

「ああ、よく、知ってるぞ。それが何か？」

「はい、わたしもそろそろ投資を勉強しようかと思いまして」

「そうだな。銀行の利息があれだからな。投資はしたほうがいいぞ。じつは、俺もF証券を利用している」

「そうなんですか？　東京に来ている間にお話をうかがいたいのですが、ご紹介していただけませんでしょうか」

「俺の担当で金井《かない》という男がいる。金井を紹介してやろうか？」

「はい、ありがとうございます」

「明日じゃないと、ダメなんだな」

「はい」

「じゃあ、連絡入れるからな」

鵜飼はスマホで電話をして、多忙らしい金井に『俺の知り合いなんだぞ。それを多忙の理由で断るのか』と強引に逢う約束を取り付けてくれた。

そのとき、千鶴はこの男は使えると感じた。

「F証券の本社を、明日の午後一時に訪ねていってくれ。金井とアポがあると言えば、あいつが降りてきてくれる。遅れるなよ？」

「わかりました。何とお礼を言っていいのかわかりません」

隙を見せると、鵜飼が乗じてきた。

「最近、腰が張ってしょうがないんだ。悪いが、マッサージしてくれないか？　簡単なことだ。着物をつけたままでいい。その白足袋で俺の背中の上に乗って、踏んでくれればいい」

「そのくらいでしたら……よろしいですよ」

「じゃあ、早速お願いするかな」

襖を開けて、和室に敷いてある布団に、鵜飼は着ていた和服を脱ぎ、全裸になって腹這いになった。でっぷりと太っていた。

「みっともない体を見せているな。じかに踏まれたほうが効くんだよ……いいぞ。乗って……」

「重いですよ」

「多少、重いほうが効くんだ」

千鶴はおずおずと腰にまず右足を乗せ、それから左足を添えた。落ちないように気をつけながら体重をかけると、

「あああ、それだ。気持ちいいぞ。凝りがほぐれていく。そうだ。そのまま、上下へと移動してくれ」

指示されることをすると、

「ぁああ、あああ、たまらん……ぁあああうぅぅ」

鵜飼は気持ち良さそうに喘いだ。横を向いた顔の口角から、涎《よだれ》のようなものが垂れて、シーツにシミを作った。

## 2

その日、亮一は女将がいないことに気づいた。史朗に問うたところ、千鶴は全国旅館組合の総会に出席するために、上京しているらしい。

そのときは、そういうこともあろうかと思っていた。

だが、二日目になっても、千鶴が戻ってきていないことを知って、いやな予感が脳裏を掠めた。

(東京で何をしているんだ？　総会に出席するだけなら、一泊で帰ってこられるだろう。何かおかしい……)

以前から、自分に反攻してくるなら、千鶴だと考えていた。

二日目の朝に、支配人とすれ違ったとき、史朗が目をそらした。

それを見て、何かへんだと感じ、史朗を呼び止めて、訊いた。

「あんた、何か俺に隠しているだろう？」

「……いえ」

史朗はそう否定したが、顔に緊張の色がありありと浮かんだ。明らかに異変を感じた。仕事はできるものの、気の小さな男だ。絶対に何かあると踏んだ。

部屋に史朗を連れ込んで、問いただした。

何か隠し事をしていることがわかったら、史朗が若女将にしていたＤＶ動画を流すぞと脅した。しばらくして、史朗が言った。

「い、稲田組がここに来ます」

「えっ……？」

「さっき、千鶴から電話がありました。千鶴はＦ証券に行って、あなたのことをそれとなく訊ねました。あなたは突然、会社を辞めた。その後、稲田組のフロント企業の金庫番をしている方が、しつこくあなたのことを訪ねて、会社に来たそうです。その男は投資で大損させられた上に、失踪されて困っていると……会社はあなたの行き先を知らなかったので、そのように伝えたそうです。それを聞いて、千鶴がそのフロント企業に向かい、藤巻亮一の情報を知っていると伝えたところ、金城という男を紹介されたようです。ここまで言えば、わかりますね。千鶴はあなたが今、うちの旅館に滞在していることを話したそうです。なぜ通報するのかと訊かれて、あなたがうちの投資にまで口を出して、手に負えないので、追い出してほしいと言ったそうです。千鶴は午後に帰りますが、その際、稲田組の金城をはじめ、何人かのボディガードをつれて来るらしい。時間がありません。逃げてください」

「本当なんだろうな？」

「はい……事実です」

「なんで、千鶴はお前にその件を伝えてきたんだ？」

「それは……あれから、夫婦の仲を取り戻したんです。今は毎晩のようにあれに応じてくれます。あなたがＦ証券の社員だったことも私が教えました。ＳＮＳのキャッシュにあなたの投稿が残っていたので」

「まだ消えていなかったのか」

「はい……」

「じゃあ、どうしてその重要な情報を俺に教えてくれたんだ？」

「……何かあったときにも、私と奈緒の動画は流さないでほしいんです」

「わかった。よく教えてくれた。それは約束する」

「あの……早く、出たほうが。午後三時には彼らはここに来ます」

「わかった。奈緒を部屋に呼んでくれないか？」

「いいですけど……奈緒は絶対に連れていかないでくださいよ。うちは若女将がいなくなると、困ります」

「わかった。別れの挨拶をするだけだ。とにかく呼んでくれ」

史朗が急いで、部屋を出た。

奈緒が来る間に、必要なものをキャリーバッグに詰めていると、奈緒がやってきた。亮一がパッキングしているのを見て、

「どうしたんですか？　何かあったんですか」

心配そうに訊いてくる。

「ああ、じつは……」

と、亮一は千鶴が上京して、自分のことを調べ、稲田組に行き着き、彼らが午後三時には、女将とともにここにやってくることを告げた。

「捕まったら、東京湾に沈められる。だから、ここを出る。奈緒さんには本当にお世話になった。きみがいなかったら、俺は雪のなかでのたれ死にしていた。ありがとう」

頭をさげると、奈緒がまさかのことを言った。

「わたしも一緒に行きます」

「えっ……？」

「ご一緒させてください」

「いや、それはダメだ。きみはこの旅館に必要だ。それに、相手は暴力団だ。捕まったら、何をされるかわからない。身の安全を保証できない」

「でも、今、ここであなたをひとりで行かせたら、わたしは元に戻ってしまいます」

「いや、それはない。支配人はもう奈緒を襲わない」

「……そういうことではありません。わたしは亮一さんと離れたくないんです。あなたはわたしを救ってくれた。恩人をひとりで行かせるわけにはいきません」

「もう充分に恩返しをしてもらった……」

「別れたくないんです。わたしはもう亮一さんなしではやっていけないんです。好きなんです……亮一さんを一生護ります。お金がなくなったら、わたしが稼ぎます。もう、ここで愛想を振りまいて、人気の若女将をすることには疲れました。だから、一緒に行かせてください」

「いや、でも……奈緒と一緒だと目立つ」

「それは違います。どんな宿でも、ひとりでは怪しまれます。カップルで泊まれば、怪しまれない。それに、わたしは洋服に着替えて、髪型も変えます。お化粧も変えます。女性は髪形とお化粧でまったく別人になるんですよ……。一時間待ってくれませんか？　準備をしてここにきます。それまで待ってください」

そう言って、奈緒は急いで部屋を出て行く。


一時間半後、亮一と奈緒は福島の駅にいた。

奈緒はごくありふれた黒いダウンジャケットを着て、髪を結ばずにロングヘアで、ノーメイクだった。

この素朴な女が若女将と同一人物だとはまずわからないだろう。女は容易に変身できるのだ。

午後三時にはまだ二時間ある。

二人は新幹線に乗り、盛岡駅で降りた。

その後、バスを乗り換えて、山深いところにある温泉郷に向かった。四輪駆動のバスの終点で降りると、ほぼ目の前に予約した温泉宿があった。

O温泉旅館は山小屋を大きくしたような質素な造りの旅館で、普通の旅行客用と湯治用の二つの棟があり、旅館の屋根には数十センチの雪が積もり、周囲もほぼ雪で覆われていた。

有名な旅館ではないし、まず発見されることはないだろう。

亮一は偽名でチェックインし、湯治用の棟にある部屋に案内された。

まず一週間、湯治で滞在することにしている。

ここは一日、数千円で泊まることができる。食事は自給が基本だが、旅館に頼めば、お膳で食事を持ってきてくれる。奈緒にお金は大切に使ったほうがいいと言われて、ここに決めた。一般客と一緒に食事を摂らなくて済むので、都合がよかった。

二人は夕方、部屋食で夕食を済ませた。

だが、稲田組が福島の旅館に来ていると思うと、気が気でなく、まったく気持ちは休まらなかった。

そんなとき、史朗から電話が入った。

史朗には一段落ついたら、状況を連絡するように言ってあった。

『私です。彼らはひとまず帰りました。女将と金城と数人が来ましたが、藤巻さんと若女将が旅館を出たことを知って、私と千鶴は問い詰められました。千鶴が、私が怪しいと言うので、半ば拷問状態で殴られました。それで、千鶴から得た情報を藤巻さんに伝えたところ、あなたは若女将とともに旅館を出たことをしゃべってしまいました。藤巻さんが、女将が東京で二泊したことを怪しんで、脅されて、やむなく情報を伝えたことにしました。幸いにも、それ以上の危害は加えられませんでした。タクシーを呼んで、その後はどこへ行ったかはわからないと答えました。本当ですからね。彼らはタクシー会社に連絡をして、二人が福島駅で降りたことをつかんだようです。それで、彼らも福島駅に向かいました。今は旅館に彼らはいません。私が知っているのは、それだけです。お二人がどこにいるのかわかりませんが……』

「いいんだよ、それは……しゃべったんだな」

「すみません。殺されると思ったので……」

「まあ、いい……福島駅は山形新幹線と東北新幹線が通っているし、在来線も多い。まず、乗った電車を特定するのは無理だろう。たとえできたとしても、降車駅は山ほどある。わかるはずがない……殴られて大変だったな。また何か情報があったら、教えてくれ。頼むぞ。あの動画をまだ俺が持っていることを忘れるなよ」

亮一はそう言って、スマホを切った。

スピーカー機能で流していたから、奈緒にもわかったはずだ。

「そういうことです。旅館にはさほど被害はなかったようですね、よかった」

亮一が言うと、奈緒が答えた。

「でも、支配人、可哀相でしたね。殴られて……」

「ですね。だけど、おそらく一発殴られて、即白状していますよ。そういう人ですから。とにかく、しばらくは大丈夫でしょう。まず、ここはわからないはずだ。それに今夜は雪がひどい。しばらく降雪がつづくそうだから、なかなかここには来られませんよ。俺たちもゆっくりしましょう。このままでは精神的にまいってしまう」

「そうですね」

「まずは、温泉につかりましょう。ここは貸切風呂がいくつかあるようだから、空いていたら入りましょう。フロントに訊いてみます」

フロントに内線電話で訊ねたところ、ひとつ空いていると言う。

そこを借りて、二人は貸切風呂に向かった。

一階にある貸切風呂の札を入浴中に替えて、二人はなかに入る。内風呂だが、大きな窓があり、そこから外の雪景色が見えた。

硫黄泉でお湯は白濁していて、なかは見えない。

亮一はかすかな硫黄臭を嗅ぎながら、かけ湯をさっさと済ませて、青森ヒバでできた湯船につかる。

奈緒がかけ湯をしながら、丁寧に身体を洗う姿を横から眺めることができた。

いつ見ても、色白の素晴らしい裸身だった。

濡れないように髪を結っていて、横から見る乳房は直線的な上の斜面を下側の充実したふくらみが持ちあげている。中心より上にある乳首は淡い桜色に色づき、ツンと頭を擡げていた。

適度にくびれたウエストから充実した尻が急峻に張り出していて、そのヒップが木製の洗い椅子に乗っている。

亮一はあらためてこんないい女が、自分の逃避行についてきてくれたことに、感謝したくなった。奇跡としか言いようがない。

（この奇跡は大切にしなくてはいけない）

そう心に誓っていると、奈緒が湯船に入ってきた。

外の景色が見える場所に隣同士で座り、雪景色を眺める。

降りしきる雪が、山々の稜線をほぼ見えなくしていた。

「ありがとうな。ついてきてくれて」

亮一が声をかけると、

「いいんです。亮一さんと田舎で人知れず、二人で暮らしていく覚悟はできていますから」

奈緒がきっぱりと言った。そんな奈緒が愛おしくなって、横から肩を抱き寄せる。奈緒が肩に頭を預けてきた。

「これまでこういう幸せがあることを知りませんでした。わたしは好きな人のために動いている。そのことが、うれしいんです」

「俺は奈緒さんが愛すべき男じゃないかもしれないぞ」

奈緒は大きな目でじっと亮一を見て、唇を合わせてきた。

横を向いてのキスがつらくなって、奈緒に正面に来てもらい、向かい合う形になった。

奈緒は亮一の足をまたぐようにして、唇を重ねてくる。

濁り湯で、なかは見えない。しかし、奈緒のヒップの重みが心地よかった。

キスが激しいものになり、舌をからめあう。奈緒の差し出した舌を貪るように吸う。

「んんん、んんんっ……！」

くぐもった声を洩らす奈緒が、お湯のなかで亮一の股間からいきりたつものを握ってきた。屹立を純手、逆手と持ち替えながら、おずおずとしごいてくる。

たまらなくなって、亮一は立ちあがり、湯船の角に座った。

すると、奈緒は陰毛を突いてそそりたつものを握って、上下にしごいた。

亮一を見あげて、微笑む。

「これが欲しかったんだな？」

「はい……もう、これがないと、寂しくて生きていけません」

奈緒が大きな瞳で見あげてくる。

「うれしいよ。奈緒さんにそう言われて……」

言うと、奈緒が目を伏せて、顔を寄せてきた。

先端にちゅっ、ちゅっとキスをする。

「硫黄臭くないか？」

「少しだけ……でも、まったく大丈夫」

そう答えた奈緒が亀頭冠をぐるっと舐め、鈴口にちろちろと舌を走らせる。

そのすぐ下では、白濁した湯から顔を出した乳房がお湯の熱さでところどころ桜色に染まっている。乳首は明らかにさっきより突き出して、赤くなっていた。

分身がいっそう力を漲らせ、ギンと硬くなり、長く伸びた。

それがわかったのだろう、奈緒が頬張ってきた。

慎重に唇を開いて、いきりたちを途中まで呑み込み、そこで、ゆっくりと顔を上

下に振る。屹立が蕩けながら、充溢してくるような感触があって、

「ああ、気持ちいいよ……」

思わず口にすると、奈緒は浅く咥えたまま、上目づかいに見あげてくる。

大きな目の瞳があがって、白目が大きくなる。

幸せそうに微笑んだ。

それから、ゆっくりと目を伏せて、今度は大きくストロークする。ぐっと根元まで押し込んで、そこから唇を引きあげていく。

いったん吐き出すと、唾液が一筋お湯に垂れ落ちた。

「ゴメンなさい」

奈緒は謝って、口許を指で拭《ぬぐ》い、また唇をかぶせてきた。

両手を亮一の太腿に置いて、大きく顔を打ち振る。

柔らかな唇が適度な圧力で勃起を包みながら、同じリズムで上下動する。

全体が熱くなり、ジーンとした快感がひろがってきた。

すると、奈緒は右手を動員して、根元を握ってしごいた。

いったん顔をあげて、訊いた。

「どうすれば、もっと良くなりますか？　亮一さんにもっと気持ち良くなっていた

だきたいんです」

その真剣な顔に、亮一は胸が熱くなった。

「そうだな……キンタマを舐めてほしい」

亮一は湯船に立ちあがって、足を少し開く。すると、奈緒が身体を低くして、顔を横にして、足の間に潜り込んできた。

熱さで垂れさがった皺袋を斜め下から舐める。皺のひとつひとつを伸ばすように丹念に舌を走らせる。そうしながら、イチモツを大きく握りしごかれると、えもいわれぬ快感がうねりあがってきた。

肉体的なもの以上に、自分が旅館の看板若女将に睾丸をしゃぶってもらっているという精神的な悦びのほうが大きい。

セックスはやはり精神的な要素が占める割合が大きいのだろう。たとえば、同じタマ舐めでも、ソープ嬢にされるのと、奈緒にされるのでは全然違う。

ねろり、ねろりと皺袋を舐めていた奈緒が、まさかのことをした。

片方の睾丸をちゅるりと頬張ったのだ。

立ち昇る湯けむりを通して、奈緒が睾丸を口のなかに入れ、タマを転がすように舌をつかっているのが見える。

（おおぅ、こんなことまで……！）

亮一が驚いている間にも、奈緒は片方の睾丸を吐き出して、もうひとつを口におさめた。同じように頬張り、舌をからませながら、茎胴を握りしごいてくる。

亮一はもたらされる快感に酔いしれる。

結露した窓から、降りしきる雪とぼんやりとした雪山が見えた。

（俺はもうこれ以上の至福を体験することはないだろう）

おそらく、奈緒もヤクザに追われていて、これが最後になるかもしれないという思いがあるからだろう。それが、奈緒を極限まで追い込み、献身的な愛撫に駆り立てているのだ。

「ありがとう。今度は先のほうを頬張って、指で根元をしごいてくれないか」

亮一も思い残すことがないようにしたい。

奈緒はうなずいて、ツーッと裏筋を舐めあげて、上から唇をかぶせてくる。

そうしながら、根元を右手で握り、ゆったりとしごきあげる。

「ああ、気持ちいいよ。そのまま、小刻みに顔を振って……そう、そうだ。唇をカリに引っかけるようにして、素早く」

亮一はこうしてほしいことを告げる。

すると、奈緒は言われたようにカリに唇を巻きくるめて、速いリズムで摩擦してくる。

ふっくらした唇となめらかな舌が敏感な場所を刺激してきて、ツーンとした快感がふくらんできた。

「それだ。気持ちいいよ。余っている皮を押しさげて、ぎゅっと、張りつめさせて……」

指示をすると、奈緒は言われたように包皮を引きおろして、ギンと張りつめた亀頭冠とその溝をなめらかな唇と舌でしごいてくる。

「ぁああ、そうだ。天国だ。奈緒、天国だよ……」

「んっ、んっ、んっ……」

激しく顔を打ち振られて、亮一は追いつめられる。

だが、まだ射精はしたくない。

亮一はとっさに口から分身を引き抜き、奈緒に湯船の縁をつかませて、腰を後ろに引き寄せる。

湯船にしゃがんで、後ろから奈緒の恥肉を舐めた。

モズクのように濡れてお湯がしたたる陰毛を見ながら、いっぱいに出した舌で狭

間をなぞりあげると、

「ぁあああ……」

奈緒が背中をのけぞらせて、心底感じている声を放つ。

硫黄の味覚はほとんどない。むしろ、少ししょっぱい。

ぬめ光る粘膜を何度も舐め、その下で尖っている陰核をしゃぶり、吸った。吐き出すと、

「ぁあああ、ください。亮一さん、欲しい」

奈緒が腰をくなっとよじった。

亮一は立ちあがり、真後ろについた。いきりたつものを尻たぶの底に押しつける。位置を確認して、ゆっくりと押し込んでいくと、とても窮屈なところを切っ先が押し広げていく感触があって、

「くぅぅぅ……！」

奈緒が低く呻きながら、頭をのけぞらせる。

(ああ、熱い……蕩けるようだ)

煮詰めたトマトのようになった膣が、波打つようにからみついてくる。

しばらくじっとしていると、内部がくいっ、くいっと屹立を奥へと吸い込もうと

する。
もっと深いところに欲しいのだろう。身体がそう訴えているのだ。
亮一は細くくびれたウエストを両手でがっちりとつかみ、徐々に強いストローク
にしていく。
ずりゅっ、ずりゅっとイチモツが粘膜をうがち、奈緒の裸体は打ち込みにつれて
前後に動き、たわわな乳房がぶるんぶるんと振り子のように揺れた。
「んっ、んっ、んっ……」
奈緒はここが貸切風呂であることを意識しているのか、必死に喘ぎ声を押し殺し
ていた。
その我慢して、身悶えをする様子が、いっそう亮一を駆り立てる。
部屋でのセックスのために、ここでは、射精しないでおこうと考えていた。
だが、コントロールできなかった。
腰をつかみ寄せて、思い切り奥へと叩き込んだ。
「あんっ、あんっ……あんっ……」
こらえきれなくなった奈緒が甲高く喘ぎ、その声が貸切風呂に響きわたった。
「ダメだ。出そうだ。奈緒、出そうだ」

ぎりぎりで訴えると、

「ああ、ください。あなたの精子が欲しい。いいのよ、中出しして……あんっ、あんっ、あんっ……ぁあああ、イキます。わたしもイクぅ！」

奈緒が自ら腰を振って、射精をねだってきた。

そのとき、亮一も奈緒を孕《はら》ませたいと思った。自分はどうなるのかわからない。東京湾に浮かぶかもしれない。しかし、どんな状況に陥ろうとも、奈緒の体内に宿ったものは事実として残る。

「行くぞ。いいんだな？」

「はい……ください。ぁあああ、イキます……イク、イク、イッちゃう……ぁあはあああっ！」

奈緒が痙攣し、駄目押しとばかりに深いところに届かせたとき、亮一も熱い男液を体内めがけて放っていた。

3

三日目の夜、亮一は部屋の布団の上で、奈緒を抱いていた。

逃亡生活をしているという自覚のためか、亮一の性欲はおさまることがなかった。一昨日から、もう何度奈緒を抱いたことだろう。

彼らがやってくる気配はなく、史朗からも連絡がない。おそらく、彼らは手がかりがなく、亮一を追うのを諦めたのだ。

そう思うと、イチモツがますます元気になった。

捕まったら、殺されるかもしれないという緊張感と、少しの安心感。それが絶妙に混ざって、亮一と奈緒も情事に溺れさせているのだ。

熱い温泉を使った館内暖房が効いていて、部屋は暖かい。二人とも全裸だった。

白いシーツはすでに何度かの情事の痕跡を残して、至るところに皺が寄り、愛蜜のシミができていた。

温泉につかってつるつるになった肌を、亮一は慈《いつく》しむように愛撫する。

ほっそりした首すじにキスをすると、

「ぁあああ……」

と、奈緒が仄白い喉元をさらす。

みどりなす黒髪が乱れて、頬に張りつき、枕に扇状に散っている。ツンとした鼻先を見せて、顔をのけぞらせる奈緒は夢のなかの女のように美しい。

なだらかな肩口にキスをして、浮き出た鎖骨を覆った肌を舐める。ツーッ、ツーッと舌を走らせると、

「ぁああ、気持ちいい……」

奈緒が快楽の声をあげる。

亮一は乳房を揉みしだく。色白の張りつめた乳肌からは青い血管が幾筋も透け出ていて、揉むごとに形を変えて、指腹に吸いついてくる。

まだ触れてもいないのに、桜色の乳首は頭を擡げていた。

触ってほしいのだ。舐めてほしいのだ。吸ってほしいのだ。

亮一はそっと周囲に舌を走らせる。乳輪に触れるかどうかのところで、円を描くように舐めると、

「ぁああ、あああぅぅぅ」

奈緒は早くじかに舐めてほしいとでも言うように胸をせりあげ、乳首を擦りつけようとする。

いっそうそそりたった乳首を舌からツーッと舐めあげると、

「ぁあん……！」

奈緒は甘えたような声を洩らして、顔をのけぞらせる。

亮一は丹念に乳首を舌で転がし、指でつまんでねじる。そうしながら、トップをかるく叩く。これが奈緒は一番感じる。

一方の乳首を舐め転がし、もう片方の乳首を指で捏ねる。それをつづけていくと、奈緒の下腹部がぐぐっ、ぐぐっとせりあがってきた。

漆黒の翳りが物欲しそうにくねっている。

「欲しいんだね？」

「はい……」

亮一は下半身のほうに移動し、両足をすくいあげて、腰枕をする。開いた膝を奈緒に持たせた。

女の花園はすでに濡れ光り、陰唇がめくれて、内部の赤みが顔をのぞかせていた。そこは、ぬらぬらと妖しくぬめり、複雑な内部がひくひくとうごめいている。

顔を寄せて、舐めあげると、

「ぁあああうぅぅ……」

奈緒は腰をせりあげ、わずかに振った。

亮一は花肉にしゃぶりつき、肉びらをまとめて吸い込んだ。

「ぁああ、いやあああ……！」

奈緒はそう言いながらも、がくん、がくんと腰を上下に打ち振る。

亮一は肉びらを吐き出して、狭間を舐める。

何度も舌を走らせ、そのまま舐めあげていき、肉芽をピンと弾く。

「ぁあああ……!」

奈緒が嬌声を張りあげて、がくんと腰を震わせた。

ここは角部屋で、隣の部屋は空いているから、多少の声をあげても、聞こえない。そういう気持ちがあって、奈緒もごく自然に大きな声をあげてしまうのだろう。

亮一は包皮を剝いて、あらわになった肉の真珠を丁寧にかわいがる。

奈緒の陰核はもうこれ以上は無理というところまでふくらんで、充血していた。その赤裸々な肉芽を上下左右に舌で転がし、吸う。

吐き出して、今度は横に激しく舌先で叩くようにする。

「ぁああ、それ……ぁあああ、ああああ、イッちゃう……また、イッちゃう!」

奈緒が顔をのけぞらせた。

気をやる寸前で、亮一はクンニをやめて、いきりたつものをそぼ濡れた花園に押し当てた。

奈緒はいまだに、自ら両膝を持って開いている。

ゆっくりと打ち込んでいくと、膣襞が歓迎するようにうごめき、勃起を締めつけてくる。

「ぁあああ……！」

奈緒は大きくのけぞる。

そして、気をやったかのように、がくん、がくんと震えた。

亮一は腰をつかみ寄せて、ぐいぐいと叩き込んでいく。ぎりぎりまで勃起した分身が、とろとろの粘膜を擦りあげていき、奥に届く。

押しつけておいて、奥を捏ねる。

「ぁああああぅぅ……許して、もう許して……」

奈緒が今にも泣きだしそうな顔で訴えてくる。

「じゃあ、やめるぞ」

亮一が抜き取ろうとすると、奈緒はそれはいやっとばかりに首を左右に振って、足で亮一の腰を押さえつけた。

「突いてほしいんだな？」

訊くと、奈緒は眉根を寄せて、何度もうなずく。

亮一は足を放させて、自分も折り重なっていく。

抱き寄せるようにして唇を重ね、腰をつかう。

ディープキスで舌をからめながら、抜けないように気をつけて、ずりゅっ、ずりゅっと打ち込んでいく。

「んんんっ、んんんんっ……ぁあああ、亮一さん、好き!」

奈緒がぎゅっとしがみついてきた。

(好きか……俺みたいな男でも心底愛してくれる女がいるんだな)

「俺もだ。俺も奈緒が好きだ。奈緒以上の女はいない。奈緒に出逢えて、幸せだ。神様は俺に最高の贈り物をくれた。だから、一緒にいような、ずっと」

「はい……ずっと……」

「奈緒……!」

ふたたびキスをして、腰を動かした。

キスをやめ、今度は左腕をあげさせて、腋の下を舐めた。

つるっとした腋窩から二の腕を舐めあげていく。その上方に移動していく動きを利用して、屹立を体内に押し込んでいく。

しばらくつづけてから、奈緒の手指をしゃぶった。

長い指を一本、一本舐めて、何本かをまとめて、頬張る。

「ぁああ、気持ちいいの……亮一さんには何をされても、気持ちいいの」

奈緒が潤みきった瞳で見あげてくる。

「奈緒、俺もだ。奈緒は俺に大切なことを教えてくれた。これほど、女を愛したことはなかった」

亮一は両肘を突いて、奈緒を抱き寄せながら、打ち込んでいく。

二人がひとつになったような気がして、ひと擦りするごとに、下半身で快感がふくれあがっていく。

「ぁあああ、あああああ……亮一さん、イキそう。わたし、また、イク……」

奈緒が下から哀切な目で見あげてくる。

「俺もだ。俺も出しそうだ」

「ください。あなたの精子が欲しい」

「ああ、奈緒、行くぞ。出すぞ……」

「はい……あんっ、あんっ、あんっ……ぁあああ、あああうぅぅ、イクわ。イッていい？」

「ああ、いいぞ。イケよ。俺も出す」

亮一は腕立て伏せの格好で腰を躍らせる。

「あん、あんっ、あんっ……ぁあああ、いく、イク、イッちゃう！」

奈緒が亮一の腕をぎゅっと握って、亮一を見つめてくる。

「いいぞ。イケよ。俺も出す！　おおぅぅ！」

吼えながら、激しく叩き込んだとき、

「はうぅぅ……！」

奈緒がのけぞりながら、躍りあがり、次の瞬間、亮一も熱い精液を体内に放っていた。


何が起こったのかわからなかった。

亮一は確実に射精して、膣から肉棹を抜き取った。

それなのに、分身はいまだ勃起状態で、まだまだできそうだった。

ぐったりしている奈緒に、

「まだ、イケそうだ。もう一度、しゃぶってくれないか」

言うと、奈緒が起きあがって、後ろに手を突いて足を投げ出している亮一の下腹部に顔を埋めてきた。

自分の蜜を付着させた肉棹を頬張って、なかで舌をからませてくる。

吸われながら、ねろり、ねろりと舌を裏のほうに擦りつけられると、分身がぐぐっと力を漲らせてきた。

ストロークされ、根元を握りしごかれると、イチモツは力強くいきりたった。

一昨日から抱きつづけているのに、亮一の分身はまだ奈緒を求めている。

人は死を意識したときに、本能が目覚めて、性欲が爆発的に湧きあがると言う。

今がその状態なのかもしれない。

奈緒は下腹部に顔を埋めて、一生懸命に肉棹を頬張り、顔を打ち振っている。

すると、亮一の分身はギンとそそりたち、それにつれて、欲望がうねりあがった。

「奈緒、上になってくれないか」

言うと、奈緒はちゅるっと勃起を吐き出して、

「恥ずかしいわ」

表情を曇らせる。

「奈緒が上になって、腰を振るところを見たい」

見つめると、奈緒はうつむきながらも、仰臥した亮一にまたがってきた。

蹲踞《そんきょ》の姿勢で、ゆるゆると腰を振って、そそりたつものの頭部を狭間に擦りつけた。

それから、慎重に沈み込んでくる。

ギンとしたものが蕩けた内部を押し割っていき、

「ぁあああぅぅ……」

奈緒が眉根を折って、上体を一直線に伸ばした。

それから、もう一刻も待てないとでも言うように、腰を前後に振りはじめた。

両膝をぺたんとシーツについて、尻を前後に打ち振る。すると、ねっとりした粘膜が分身を締めつけながら、揉み抜いてきて、ぐっと快感が高まった。

「ぁああ、いいの……奥が気持ちいいの……ぁああ、恥ずかしい。止まらない。ぁああ、いやいや……見ないで」

口ではそう言いながらも、奈緒の腰振りはますます活発になり、くいっ、くいっと勃起を粘膜に擦りつける。

それから、奈緒は両手を後ろに突いて、上体をのけぞらせた。

足を大きく開いているので、漆黒の翳りの底に、蜜まみれの肉棒が出入りするのが目に飛び込んでくる。

「ぁああ、あんっ、あんっ……ぁああぅぅ」

艶かしい声を洩らしながら、奈緒は腰を激しく前後に揺する。

大きく振りすぎて、結合が外れ、転げ出てきたイチモツを奈緒は素早くつかんで、膣に押し込んだ。

そしてまた、くいっ、くいっと腰を打ち振る。

「ぁあああ、あああああ、気持ちいい……亮一さん、おかしくなりそう」

「おかしくなっていいんだぞ」

言うと、奈緒は身体を起こして、両手の指を組むように求めてくる。両手の指をがっちりと恋人握りで組み合わせると、奈緒は両膝を立てた。

あらわな格好で腰を持ちあげて、落とす。

亮一の指をぎゅっと握りしめて、尻を振りあげる。頂点から打ちおろしてくる。

パチン、パチンと乾いた音がして、

「あんっ……あんっ……ぁあんん……！」

奈緒は華やいだ声をあげる。

たわわな乳房がぶるん、ぶるんと揺れて、乳房まで垂れた黒髪も乱れ、波打っていた。

亮一はその姿を目に焼きつける。

ごく自然に身体が動いていた。腰がおりてくるのを見計らって、ぐいと腰を突き

出すと、勃起の先が奥を突いて、

「ぁあんっ……！」

奈緒が嬌声をあげる。

「あんっあんっ、あんっ……いや、いや……イッちゃう！」

すっきりした眉を八の字に折って、訴えてくる。

「最後は俺が上になって、イカせたい。いいか」

「はい……わたしも下でイキたい」

奈緒がとろんとした目を向ける。

亮一はいったん結合を外し、奈緒を仰臥させて、膝をすくいあげた。いきりたつものを押し込んでいき、両足を肩にかける。

そのまま、ぐっと屈み込むと、奈緒の肢体が腰から鋭角に折れて、亮一の顔の下に奈緒の顔が見えた。

この体勢は挿入が深くなる。それに、男の体重がかかって、苦しいはずだ。しかし、その男の重さを感じながら、奥まで貫かれることが、女には快楽になるのだ。

亮一は両手を突いて、バランスを取り、上から打ちおろしていく。猛りたつものがぐさっ、ぐさっと体内に突き刺さっていき、

「ぁああうぅぅぅ……！」

奈緒が泣きださんばかりに顔をゆがめた。

「苦しいか？　きついなら、やめるぞ」

「苦しいわ……でも、やめないで。もっと、して」

「よし」

亮一は上から奈緒の顔を見ながら、強く打ちおろし、途中からしゃくりあげるように腰をつかう。

「あんっ……あんっ……」

奈緒の洩らす喘ぎの質が変わった。

「気持ちいいんだな？」

「はい……気持ちいい。亮一さんに貫かれている。あなたの重さを感じる。苦しいけど、気持ちいい……あんっ、あんっ、あんっ……もっと、ちょうだい。奈緒をイカせて」

「行くぞ。そうら」

上からぐいっ、ぐいっと打ちおろしてしゃくりあげると、射精前に感じる熱さが下腹部でふくれあがった。

「あんっ、あんっ……ぁあああ、イキます。イク、イク、イッちゃう……！」

「そうら、イケぇ」

たてつづけにえぐったとき、

「イクぅ……やぁああああああぁぁぁぁぁ、はうっ！」

奈緒が絶頂の声を長く響かせる。

それを聞きながら、もうひと突きしたとき、亮一も至福に押し上げられ、熱い男液を奈緒の子宮めがけて放っていた。

4

二度も射精し、亮一は奈緒を腕枕して、まどろんでいた。

そのとき、亮一のスマホの呼び出し音が響いた。

時計を見る。すでに、午前一時を過ぎている。

いやな予感がして、スマホを見た。

電話は山中史朗からだった。

ハッとして胡座をかいて、電話に出た。奈緒にも聞こえるようにスピーカー機能にして、応答する。

「俺だが……」

スマホから、史朗の焦ったような声が流れてきた。

『そこの旅館がばれました。岩手県のO温泉郷のO温泉旅館ですね……』

「さあな。もし、そうだとしたら……？」

『稲田組がそちらに向かっています』

「……どうやって、ここを特定したんだ？」

『全国温泉協会のほうから、危険人物としてインターネットで手配されたんです。この客が泊まっていたら、必ず連絡を入れるようにと。それで、O温泉旅館から、写真によく似た二人連れが泊まっていると協会本部に連絡が入ったそうです』

「全国温泉協会というと……？」

『はい。じつは先日、千鶴が協会の総会に出たときに、そこの鵜飼会長と懇《ねんご》ろになったらしいです。二人に寸前で逃げられて、千鶴はその鵜飼に泣きついたんです。鵜飼はなぜか大変積極的に動いて、即、協会に入っている旅館にお二人を指名手配したようです。協会には、たとえば、料金を踏み倒す常習犯や、旅館で窃盗などの罪を犯した人物をインターネットで指名手配することができるんです。お二人はその網に引っかかりました』

「……あの女！」

千鶴がほくそ笑んでいる顔が脳裏に浮かんで、憎しみが湧きあがってきた。

だが、今はまず逃げることだ。

「で、協会から教えられた情報を、女将が稲田組に流したわけだな」

『そうです』

「稲田組はいつ知ったんだ？」

『今日の、正確に言えば、昨日の午後六時です。もしそれから、彼等がすぐに東京を出たとすれば、そろそろ旅館に到着します。協会は警察とは組んでいないので、警察が動くことはありません』

「わかった。教えてくれて、恩に着るよ」

『あの、これだけ教えたんだから、あの動画は消してくださいませんか』

「わかった。約束する。消してやるよ……じゃあな」

亮一はスマホを切って、奈緒を見た。

奈緒はすでに飛び起きて、着替えにかかっていた。

「逃げましょう。今すぐに……時間の勝負です」

「ああ、そうだな」

亮一にはその前にやらなければいけないことがあった。

女将の千鶴にスマホで電話をかけた。どういうわけか、留守電になっていた。

亮一は考えていることを吹き込んだ。

「藤巻だ。お前と亜弥のレズビデオ、公開されたくないなら、稲田組に、奈緒には一切手を出さないようにさせろ。もし、奈緒に危害を加えることがあったら、そのときは、あのビデオを公開する。金城に伝えろ。どうせ、俺からの電話だと知って、出ないだけで、そこにいるんだろ？　わかったな。これが守られなかったときは、お前も亜弥も醜聞にさらされる。わかったな」

亮一はスマホを切った。

「そういうことだ。奈緒はここに残って、旅館に戻ってくれ。奈緒が危害を加えられることはない」

「いやです」

奈緒がきっぱりと言った。

「ダメだ。これから、俺は雪山に入ることになる。女の身では無理だ。俺はお前に遭難してほしくないんだ」

「大丈夫です。わたしは雪国で育ちました。あなたより雪山のことはよく知っています。足手まといになることはありません」

「……わかった」

亮一は着替えをして、必要なものをキャリーバッグに詰め込んだ。

そのとき、エンジン音と雪をタイヤが踏みしめる音がかすかに聞こえた。

ハッとして外を見ると、降雪を照らすヘッドライトが急速に近づいてきていた。

「来た……!」

亮一はキャリーバッグを持って、先に部屋を出る。奈緒が手間取っているのを見て、完全に心が決まった。

奈緒が部屋を出ようとするその直前に、亮一はドアを閉めて、鍵をかけた。鍵はひとつしかないし、内側からも鍵を使わないと、開けることはできない。

「亮一さん、開けてください。置いていかないで。開けてください」

奈緒がドアを叩く音がドンドンドンと響いた。

「奈緒は旅館に戻りなさい。若女将としていい旅館を維持して、俺を待っていてくれ」

そう言って、亮一は廊下を歩き、階段をおりる。

もう、気持ちは決まっていた。

(俺は執行猶予の間にこれ以上はない体験をした。もう、どうなってもかまわない)

一階のロビーでは、ここの主人が危険人物を見る目で、亮一を見つめていた。

「お世話になりました。いい旅館だったよ」

亮一は玄関を開けて、外に出た。

暖かそうなコートを着た金城浩司が、手に息を吹きかけながら、ゆっくりと近づいてくるところだった。周りにも三人のいかにも暴力団風のいかつい連中がいて、亮一を見て、殺気走った目でにらみつけてくる。

「随分と手を焼かせてくれたな。バッグまで待って、やけに準備がいいじゃねえか。連絡があったのか」

亮一は黙して語らない。

「まあ、いい……若女将はどうした？」

「部屋にいます。あの人は俺が人質代わりに無理やり連れてきました。手は出さないように、女将から聞いていますよね？」

「ああ……お前もごちゃごちゃといろいろとやっているようだな。まあ、いい。

こっちはお前さえ連れ帰ればいいんだ。その前に……」

金城がいちばんガタイのいいスキンヘッドに目配せすると、スキンヘッドが近づいてきた。

あっと思ったときは、ボディに右フックを叩き込まれ、激痛に腰を折った瞬間に、やつの膝が飛んできて、ツーンとした衝撃とともに鼻血が噴き出した。

「そのへんでいい。悪いな。こうでもしないと、俺の気が済まないんでね。車に乗せろ。鼻血で汚すなよ」

金城に白いハンカチを渡されて、それで亮一は鼻を覆った。折れたかもしれない。鼻骨がぐらぐらしている。

亮一は大型四駆の後部座席に、男二人に囲まれる形で座った。

鼻血は際限なく噴き出しつづけて、息ができない。

ふと見あげると、二階の窓が開いて、黒いダウンジャケットを着た奈緒が、こちらを呆然《ぼうぜん》と見ていた。

亮一が手を振ると、大型四駆が発進し、やがて、奈緒の姿は見えなくなり、亮一の目の前にはヘッドライトで照らされた雪道だけがつづいていた。


〈了〉

＊この作品は、イースト・プレス悦文庫のために書き下ろされました。

イースト・プレス
悦文庫

# 美姉妹の失楽園

霧原一輝《きりはらかずき》


2023年11月22日　第1刷発行

企　画　松村由貴（大航海）

発行人　永田和泉
発行所　株式会社　イースト・プレス
〒101-0051
東京都千代田区神田神保町2-4-7 久月神田ビル
電　話　03-5213-4700
FAX　03-5213-4701
https://www.eastpress.co.jp

印刷製本　中央精版印刷株式会社
ブックデザイン　後田泰輔（desmo）





ISBN978-4-7816-2258-3 C0193